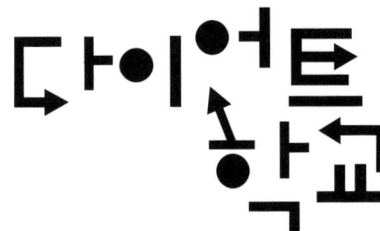

다이어트 학교

김혜정 장편소설

|주|자음과모음

차례

입소식 • 9

달콤한 열매 • 33

돼지인간과 해골바가지 • 53

악마의 유혹 • 75

주홍글씨 • 100

잔인한 형벌 • 116

말라가는 모든 것 • 136

반란군 주홍희 • 158

결심 • 179

플랜 E • 188

READY!　• 209

대탈주　• 220

우리들의 진짜 다이어트　• 236

해설　• 249
작가의 말　• 267

나의 미니미, 김보람에게
음식을 많이 뺏어 먹은 걸 진심으로 미안하게 생각하며.

입소식

이제, 나는 새롭게 태어난다.

집에서 멀어지면 멀어질수록 내가 새롭게 태어날 수 있을 것 같은 기분이다. 하지만 아빠와 엄마는 계속 괜찮겠냐고 묻는다.

"아, 정말 왜 그래? 당연히 괜찮지. 그리고 난 거기를 안 가면 오히려 괜찮지 않을 거라고."

난 '않을' 거라는 말에 잔뜩 힘을 주어 말했다. 내 옆자리에 앉은 홍주는 시무룩한 표정을 하고는 크림캐러멜을 계속 먹고 있다. 얼핏 캐러멜 봉지를 보니, 봉지 안에 남은 캐러멜이 몇 개 되지 않았다. 홍주는 기분이 울적하거나 불안한 일이 생기면 꼭 저 크림캐러멜을 먹는다.

"누나, 먹을래?"

홍주가 내게 캐러멜을 내밀었다. 나도 좋아하는 거다. 하지만 난 애써 시선을 피했다.

"아냐, 난 안 먹어."

"왜?"

"됐어. 살 빼러 가는 길에 살찌게 무슨."

홍주가 캐러멜을 다시 봉지 속에 넣었다. 더는 먹지 않으려나 보다.

"홍희야, 너 정말 거기 있을 수 있어?"

운전 보조석에 앉은 엄마가 뒷좌석으로 고개를 돌리며 물었다.

"그만 좀 해. 그냥 캠프 갔다고 생각해."

"캠프를 무슨 40일씩이나 가니? 이제까지 네가 간 캠프는 고작 해야 3, 4일이었잖아."

"그럼 군대 갔다고 생각해. 군대는 훨씬 길잖아."

"넌 여자잖아."

"아, 몰라, 몰라!"

난 두 손으로 귀를 막은 채 소리쳤다. 이래야 엄마가 잠시 동안은 말을 하지 않을 것이다.

"군대는 나중에 우리 홍주가 가겠네."

아빠가 운전을 하며 말했다.

"군대? 나 정말 군대 가?"

군대라는 말에 홍주가 인상을 썼다. 난 아직 한참 남았으니 걱정하지 말라고 했다. 홍주는 아직 초등학교 5학년이니까, 군대에 가려면 10년이나 더 남았다.

"아빠도 군대 갔어?"

"아니."

홍주의 물음에 아빠는 너털웃음을 지으며 대답했다.

"왜?"

이 질문을 한 건 나다.

"왜긴, 살 때문에 면제였잖아."

아빠와 엄마는 뭐가 재밌는지 아주 크게 웃었다. 하지만 난 조금도 웃기지 않았다. 살쪄서 군대 안 간 게 뭐가 자랑이라고 저렇게 웃을까?

"앗싸, 그럼 나도 살 더 쪄야지. 아빠만큼 살찌면 군대 안 갈 수 있는 거지?"

홍주가 신이 나서 말했다.

"글쎄다. 요즘은 군 면제 기준이 옛날보다 많이 까다로워졌다고 하더라고."

"괜찮아, 아빠. 난 아빠보다 살 더 찔 자신 있어."

"그래. 홍주 너는 내가 초등학교 5학년일 때보다 더 찌긴 했어."

아빠, 엄마 웃음소리에 홍주 웃음소리까지 추가되었다. 여기가 아빠 자동차 안이라는 게 정말 다행이다. 다른 사람들이 우리 가족의 이야기를 들으면 뭐라고 생각할까? 한심하다 못해 멍청하다고 생각할 게 분명하다.

"아빠, 더워. 에어컨 좀 더 세게 틀어."

홍주의 말에 아빠가 에어컨을 세게 틀었다. 날도 더웠지만, 우리 가족은 뚱뚱해서 남들보다 더위를 더 많이 탄다. 자동차도 일반 승용차가 아닌 좌석이 넓은 지프차이지만, 남들이 보면 초소형차에 사람들이 탔다고 생각할지도 모른다. 자동차에 우리 네 가족이 아주 꽉 들어맞게 타 있다. 하지만 두고 봐라. 40일 뒤에는 나 하나라도 살을 쫙 빼서 좌석이 넓어 보이게 만들 것이다.

서울에서 차를 타고 두 시간이 훌쩍 넘어서야 학교에 도착했다. 고속도로 톨게이트를 지난 후에 산이 하나 나왔고, 꼬불꼬불 산등성이를 따라 차를 타고 한참을 오른 후에야 학교 주차장이 나왔다. 얼마나 후미진 곳인지 내비게이션에도 위치가 나오지 않아, 학교에 전화를 해서 간신히 찾았다.

"무슨 학교가 이런 데 있어?"

엄마가 차에서 내리며 한숨을 내쉬었다. 주변을 보고 나니, 나도 약간 걱정이 되긴 했다. 여긴 말 그대로 산속이다. 그나마 주차장에 빼곡히 서 있는 다른 자동차들을 보니 안심이 되었다.

"저건가?"

아빠가 손가락으로 가리킨 쪽을 쳐다보았다. 주차장에서 100m 떨어진 곳에 하얀 건물이 보였다.

"맞는 거 같아. 여기 표지판 있어."

'마주리 다이어트 학교 가는 길'이라며 화살표가 하얀 건물 쪽을 가리키고 있었다. 물론 표지판이 없었어도 하얀 건물이 다이어트 학교 건물인 것을 알아차릴 수밖에 없다. 여기 산속에 건물이라고는 달랑 저 하얀 건물밖에 없으니까.

표지판 옆에 마주리 원장님의 실제 크기 전신사진으로 만든 패널 모형이 세워져 있었다

"엄마, 이분이야. 마주리 원장님이."

난 원장님의 모형을 가리키며 말했다. 어쩜 사람이 이렇게 늘씬할 수 있는 걸까? 텔레비전에서만 보던 나의 우상을 직접 만난다고 생각하니 가슴이 설렜다. 난 가족들에게 너무 아름답지 않으냐고 물었다.

"난 도통 뭐가 예쁘다는 건지 잘 모르겠다. 세상 최고의 미인은 바로 너희 엄마지."

아빠의 말에 엄마가 "아휴, 몰라"라며 팔꿈치로 아빠의 배를 쳤고, 엄마의 팔이 아빠의 푹신한 배에서 튕겨져 나왔다. 엄마를 예쁘다고 하는 사람은 세상에 아빠밖에 없고, 아빠를 멋있다고 하는

사람은 엄마밖에 없다. 이래서 제 눈에 안경이라고 하나 보다.

아빠와 엄마의 닭살 행각을 더 이상 지켜볼 수 없어 자동차 트렁크를 열어 가방을 꺼냈다. 내가 들려고 했지만 아빠가 들어준다며 가방을 가져갔다. 40일 동안 필요한 짐을 챙기느라 가방이 무척 무거웠다.

학교를 향해 걷고 있는데, 엄마가 보이지 않았다. 엄마는 주차장에 그대로 서 있었다. 난 발걸음을 돌려 엄마가 서 있는 쪽으로 갔다.

"우리 딸, 여기에서 정말 있을 수 있겠어? 단식원이 얼마나 힘든 곳인데? 네 막내 이모도 죽을 뻔했다잖아."

"엄마, 정말 왜 그래? 여긴 단식원이 아니라 다이어트 학교라니까! 뚱뚱한 사람만 오는 게 아니야. 빼빼 마른 애들도 온다고. 마주리 다이어트 학교는 건강한 몸을 만들어주는 곳이야. 다이어트는 단순히 살을 빼는 게 아니라고."

마주리 원장님이 텔레비전에 나와 말하는 것을 그대로 외워 엄마에게 말했다. 마주리 다이어트 학교는 일반 단식원과 차원이 다른 곳이다. 마주리 원장님은 십대들의 건강을 위해 3년 전 이곳을 세웠다. 입소비가 조금 비싸긴 하지만 이곳에 다녀온 아이들은 모두 180도 변신을 했다. 방학 때마다 50명의 아이들밖에 받지 않기 때문에 경쟁률이 꽤 높은데, 이번 여름방학에 운이 좋아 내가 뽑혔다.

"그래도."

엄마가 울먹였다. 마음 약한 엄마 때문에 못 살겠다. 분명 엄마는 이래서 살을 못 뺄 것이다.

"여기서 단순히 살만 빼는 게 아니야. 원어민 선생님한테 하루에 한 시간씩 영어 회화도 배울 수 있잖아. 내가 영어 캠프 갔다고 생각해."

영어 회화 수업 이야기를 꺼내자, 울 것 같은 엄마의 표정이 조금 누그러졌다. 마주리 다이어트 학교의 장점 중 하나는 공부도 할 수 있다는 것이다. 물론 그건 아이들 입장이 아닌 엄마들 입장에서 좋은 것이긴 하지만, 어쨌든 그 덕분에 여기 오는데 조금 쉽게 엄마를 설득할 수 있었다.

"얼른 가자."

난 엄마의 팔을 잡아챘다. 결국 엄마도 나를 따라 걸었다.

주차장에서 학교까지 100m밖에 되지 않았지만, 경사가 있어 올라오는 데 꽤 힘이 들었다. 산속에 홀로 서 있는 건물은 총 4층이었다. 주변에 산과 숲밖에 없어 조금 무섭긴 하지만, 어차피 거의 하루 종일 학교 건물 안에만 있을 거라 상관없다.

1층 안으로 들어가니, 입구에서 늘씬하고 키가 큰 남자가 우리 쪽으로 다가왔다. 이 남자, 텔레비전에서 봤다. 마주리 원장님과 함께 다이어트 프로그램에 나와 운동하는 법을 알려줬다.

나는 고개를 꾸벅 숙여 남자에게 인사를 했다. 텔레비전에서 봤을 때보다 몸매가 더 좋았고, 얼굴도 훨씬 더 잘생겼다. 우리 가족은 남자를 따라 1층 왼편에 있는 사무실로 들어갔다. 사무실에는 두 명의 여자가 더 있었다.

"학생 이름이 뭐죠?"

"주홍희예요."

남자는 서류에서 내 이름을 체크한 후, 나와 엄마, 아빠에게 서약서라고 적힌 종이를 한 장씩 내밀었다.

"읽어보시고 서명하세요."

서약서의 내용은 학교의 규칙 엄수에 대한 것이었다. 나는 대충 읽어본 후 내 이름을 적었다. 하지만 아빠와 엄마는 자세히 서약서를 읽었다.

"얼른 해."

난 엄마의 옆구리를 찔렀다. 이런 건 형식적인 절차일 뿐이다.

"정말 도중에 나오게 되면, 남은 일수만큼의 돈을 돌려받을 수 있나요?"

엄마가 서약서의 한 부분을 가리키며 물었다.

"그럼요. 20일을 남기고 퇴소하면 50%, 10일을 남기고 퇴소하면 20%를 돌려드려요. 그리고 목표한 몸무게에 도달하지 못하면, 입소비의 30%를 돌려드린답니다. 하지만 도중에 여길 나가는 학생은 없었고, 목표한 몸무게에 도달하지 못한 학생도 거의 없었어요. 여기 운영하시는 분이 누구신데요? 마주리 원장님이에요."

남자는 마주리의 이름을 말할 때, 한 글자 한 글자 똑똑하게 발음했다. 이런 질문을 하다니, 엄마가 창피했다. 물론 입소비가 적지 않은 금액이란 걸 나도 알고 있다. 아빠의 한 달 월급과 비슷하거나 아마 조금 더 많을 거다. 하지만 나는 아주 간절하다. 여기가 아니면 나는 평생 주뚱(주홍희 뚱돼지의 줄임말)으로 살아야 한다. 아빠, 엄마, 홍주에게는 많이 미안하지만, 40일 뒤 결코 그 돈이 아깝지 않다는 것을 보여줄 자신 있다.

"어머님, 여기 들어온 학생들이 살만 빼고 가는 게 아닙니다. 인터넷을 금지해서 게임 중독을 고친 학생도 있고, 영어 회화가 늘어서 경시대회에서 수상을 한 학생도 있어요. 학생들이 살만 빼는 게 아니라 공부도 아주 열심히 해요."

엄마가 계속 안절부절못하자, 남자는 학교의 장점에 대한 설명을 늘어놓았다. 인터넷을 못한다는 이야기는 별로 반갑지 않다. 이곳은 정신 건강과 다이어트의 집중을 위해 인터넷뿐만 아니라 핸드폰도 사용할 수 없다. 집으로 거는 전화는 학교 전화기를 이용해 언제든 할 수 있다고 하지만, 그것도 정해진 시간에만 가능하다.

"자, 그럼 2층으로 올라가시죠. 2층에 기숙사와 휴게실이 있고, 3층에는 체육관과 소강당, 그리고 4층에는 강의실과 식당, 도서관이 있습니다."

우리 가족은 남자를 따라 2층으로 올라갔다. 아빠와 엄마는 강의실과 도서관이 있다는 말에 그건 마음에 든다고 했다. 하지만 나는 그쪽에는 별 관심 없다. 학교 다닐 때에도 잘 가지 않는 도서관을 여기 와서 갈 리가 있으랴.

"엄마, 나 도중에 나가는 일 절대 없어. 만에 하나, 내가 나가고 싶다고 해도 절대 데리러 오면 안 돼. 나 그럼 평생 엄마를 용서 안 할 거야. 알았지?"

"알았어."

나는 엄마에 이어 아빠에게도 단단히 일러두었다. 학교 후기를 보니, 도중에 힘들다고 나온 학생들은 조금도 살을 빼지 못했다. 하지만 끝까지 일정을 마친 학생들은 모두 원하는 몸무게에 도달되어 나왔다. 여름방학이 끝날 무렵이면, 나도 새롭게 태어난 내 사진을 찍어 마주리 다이어트 학교 홈페이지에 올릴 수 있을 것이다. 아마 그렇게 된다면 우리 반 아이들이 깜짝 놀라겠지? 생각만 해도 신이 나 죽겠다.

"누나, 뭐가 그렇게 좋아?"

홍주는 또 마시마로 눈을 하고 있다. 안 그래도 눈이 처진 홍주는 기분이 안 좋을 때면 한 뼘 더 처진다. 그런데 엄마, 아빠의 표정도 그리 밝아 보이지 않았다.

"야, 주홍주. 너 나 없으면 맛있는 거 더 많이 먹을 수 있잖아. 그리고 엄마, 아빠, 나 없으면 잔소리하는 사람 없어서 얼마나 좋아?"

가족들의 표정이 조금도 나아지지 않았다.

"부모님, 걱정하지 마세요. 여긴 정말 다른 곳과 달라요. 아마 퇴소식 할 때 와보시면 따님을 여기 보낸 걸 정말 잘했다고 생각하실 거예요."

우리를 안내해준 남자가 말했다.

"밥은 잘 나오죠? 우리 홍희 고기 없으면 밥 못 먹는데."

"엄마!"

내가 정말 엄마 때문에 못 살겠디. 내가 어기 먹으러 왔나? 난 엄마에게 제발 좀 조용히 하라며, 검지손가락을 입술에 대었다.

내가 묵을 방을 향해 가고 있는데, 많은 방의 문들이 열려 있었다. 나보다 먼저 도착한 아이들이 짐을 풀고 있는 듯했다.

"다 왔어요. 홍희 양은 234호예요."

기숙사는 복도를 가운데 두고, 양쪽으로 방들이 쭉 있었다. 234호 안으로 들어가려고 하는데, 옆방인 232호 앞에 늘씬한 여자가 서 있었다. 마주리 원장님인가 싶어 인사를 하려고 했는데, 마주리 원장님이 아니었다.

"현재야, 얼른 짐 풀어. 엄마 빨리 가봐야 해."

232호에 있는 여자애의 엄마인가 보다. 그런데 여자가 부른 현재라는 애는 날씬한 여자와 다르게 나처럼 뚱뚱하다. 날씬하고 예쁜 엄마에게 저런 딸이 나올 수도 있나? 자고로 엄마와 딸은 우리 엄마와 나 같아야 하는 게 아닐까?

"빨리 짐 풀어요. 다섯 시부터 입소식을 할 거예요."

시계를 보니, 5시까지 10분밖에 남지 않았다. 난 232호에 관심을 끄고 서둘러 내 방으로 들어왔다. 기숙사는 2인 1실이었고 우리 방에는 다른 아이가 먼저 와 있었다.

"안녕하세요."

엄마가 방에서 짐을 풀고 있는 아줌마에게 먼저 인사를 했다. 나도 고개를 꾸벅 숙여 인사를 했다. 이 아줌마도 232호 아줌마만큼은 아니지만 날씬한 편이었다. 도대체 콩 심은 데 콩 나고 팥 심은 데 팥 난다는 이야기는 누가 한 거지? 왜 아줌마들이 하나같이 날씬한 거야?

"우리 지유랑 같은 방 쓸 친군가 보네."

아줌마가 내게 인사를 했다. 아빠와 홍주는 방이 좁을 것이라고 생각했는지 방으로 들어오지 않고 복도에 서 있었다.

"엄마, 짐은 이따가 내가 풀게."

아무래도 입소식에 늦을 것 같았다. 첫날부터 마주리 원장님에게 잘못 보여서는 안 된다. 엄마는 혼자 할 수 있겠냐고 물었지만 난 걱정 말라고 큰소리쳤다.

"지유야, 얼른 나와. 늦겠어."

화장실 쪽에서 물 내려가는 소리가 들렸다. 잠시 후, 화장실 문을 열고 여자애 한 명이 나왔다. 그런데 여자애는 빼빼 말랐다. 저 앤 뭐지?

"여긴 방마다 이렇게 화장실이 딸려 있어요. 다른 곳은 공용 화장실을 쓰지만, 마주리 다이어트 학교는 달라요. 모두 학생들의 편의를 위해서죠."

남자의 목소리에 자부심이 가득했다. 남자 말대로 방 시설은 꽤 좋아 보였다. 싱글 침대 두 개가 나란히 놓여 있고, 그 앞에 책상이 두 개 놓여 있는데, 돌아다닐 공간도 충분했다. 홈페이지에서 사진으로 미리 보긴 했지만, 직접 보니 더 좋았다. 호텔만큼은 아니었지만 학교에서 갔던 수련회 장소보다 훨씬 좋았다. 벽지도 새것 같았고, 침대 시트의 하트 무늬도 상큼한 게 아주 마음에 들었다.

지유라는 여자애가 나에게 손을 흔들어 인사를 했다. 키는 나보다 한 뼘 이상 작았고, 몸은 뼈에다 살가죽만 살짝 발라놓은 것처럼 말랐다. 쓰고 있는 뿔테 안경이 다 버거워 보였다. 머리를 말총머리로 바짝 묶어서 더 말라 보이는 것 같았다. 저 애는 살이 안 쪄서 여기 왔나 보다. 엄마는 지유를 보더니 학교를 조금 믿는 듯한 눈치였다. 이 학교는 뚱뚱한 사람만을 위한 곳이 아니라는 말이 증명되었다.

"우리 지유는 초등학교 5학년이야. 홍희는 몇 학년이니?"

아줌마가 내게 친절하게 물었다.

"중학교 2학년이요."

"어머, 우리 지용이랑 같은 학년이구나. 그럼 우리 지유 잘 부탁해. 지유도 홍희 언니 잘 따르고."

지유와 인사를 하려는데, 남자가 입소식에 늦겠다며 얼른 방에서 나오라고 했다. 입소식은 가족들과 함께 갈 수 없다.

"괜히 휴게소에서 구운 감자를 먹어 가지고."

엄마는 이렇게 나와 헤어지는 게 아쉬운지, 괜한 감자 타령을 했다.

"엄마, 걱정 마. 나 여기 와서 너무 좋아."

엄마를 보고 활짝 웃었다. 엄마를 안심시키기 위한 미소가 아니다. 여기 오니 더 설렜고, 기분도 더 좋았다.

"아빠, 엄마, 홍주야. 나 갈게. 전화 자주 할 테니까 걱정하지 마. 그럼 잘 가."

복도에 아이들이 한두 명씩 나오기 시작했다. 나도 다른 아이들을 따라 3층으로 올라가려는데, 갑자기 아빠와 엄마가 나를 잡아끌더니 꽉 안았다. 그 뒤를 이어 홍주도 나를 안았다.

"우리 딸, 정말 대견하다. 아빠는 못했을 거야."

감동적이어야 하지만, 조금 많이, 사실은 아주 많이 부끄러웠다. 지나가는 아이들이 우리 쪽을 힐끔거리는 게 아빠의 팔 사이로 다

보였다. 우리 가족이 복도 한가운데를 차지하고 있는 것 같아, 나는 한쪽으로 비켜주기 위해 가족들에게 안긴 상태에서 왼쪽으로 걸었다. 끙끙거리며 가족들이 왼쪽 벽에 붙었다.

더운 포옹을 끝낸 후 나는 가족들에게 손을 흔들었다.

"그럼 이만 갈게! 아빠, 엄마, 홍주야, 잘 가!"

셋은 이보다 더 슬플 수는 없다는 표정을 짓고 있었지만, 난 아니었다. 발에 풍선이라도 달렸는지, 발걸음이 아주 가벼웠다.

3층 소강당은 학교 교실 두 개만 한 크기였다. 소강당에는 이미 많은 아이들이 와 있있다. 나처럼 눙눙한 아이들이 대부분이었고, 같은 방을 쓰는 지유처럼 마른 아이들이 간혹 눈에 띄었다. 그리고 남자애들보다 여자애들이 훨씬 더 많았다.

"자, 얼른 자리에 앉아요. 곧 원장 선생님이 오실 거예요."

1층 사무실에서 잠깐 봤던 여자가 중앙 교탁 마이크에 대고 말했다. 나는 빈자리를 골라 앉았다. 왼편 옆자리에는 아까 232호에서 봤던 여자애가 있었다. 여자애는 고개를 푹 숙인 채 아무 말도 하지 않았다.

"저기, 여기 앉아도 돼?"

분홍색 티셔츠를 입은 여자애가 내 오른쪽 자리를 가리키며 물었다. 난 주인이 없는 자리라고 말했다.

"떨린다. 그치?"

"응? 응."

난 얼떨결에 그렇다고 대답을 했다. 분홍색 티셔츠는 키가 나와 비슷했지만, 나보다 조금 더 뚱뚱했다. 아마 이 여자애는 85kg 정도 나갈 것이다. 나는 한눈에 뚱뚱한 아이들의 몸무게를 맞출 수 있다.

"난 한민아라고 해. 중학교 2학년이고. 넌?"

"나도 2학년이야. 이름은 주홍희고."

"너도 혼자 왔어?"

"응."

"아는 사람 하나도 없어서 걱정했는데 다행이다."

"다들 그럴걸?"

"그렇겠지?"

민아가 나를 보고 미소를 지었고, 나도 민아에게 미소로 답해주었다. 민아와 이야기해보니, 민아가 사는 동네는 우리 동네에서 그리 멀지 않았다.

"어? 현재네."

민아가 몸을 앞으로 죽 내밀더니, 내 왼쪽 자리에 앉은 여자애에게 말을 걸었다. 하지만 그 여자애는 민아를 힐끔 보고는 다시 고개를 푹 숙였다. 완벽한 무시였다.

"나랑 같은 방 쓰는 애야. 차를 오래 타고 와서 그런지 몸이 안 좋나 봐."

민아는 멋쩍게 웃으면서 말했다. 현재라는 아이는 내가 보기엔 몸이 아픈 것 같지는 않았다. 현재는 여기 모인 아이들 중에 그나마 덜 뚱뚱한 편에 속했다. 키는 나와 비슷했지만, 나보다 5kg 이상은 덜 나가는 듯했다.

"너 232호야? 그럼 내 옆방인데?"

"정말? 잘됐다."

민아는 앞으로 운동도 같이 하러 가고, 밥도 같이 먹으러 가자고 했다.

민아와 이야기를 나누고 있는데, 갑자기 아이들이 떠드는 것을 멈추었다. 아이들의 시선은 교단 앞쪽으로 집중되었다. 나도 아이들을 따라 교단을 쳐다보았다. 교단에는 마주리 원장님이 서 있었다.

"우와, 엄청 예쁘다."

민아의 탄성에 나도 동의한다는 뜻으로 연신 고개를 끄덕였다. 아주 가까운 거리는 아니었지만, 마주리 원장님은 텔레비전에서 보는 것보다 더 날씬했고, 더 예뻤다. 실제 나이는 우리 엄마보다 많았지만, 여대생처럼 어려 보였다. 심지어 마주리 원장 뒤에서 무언가 번쩍번쩍하고 빛나는 듯했다.

마주리 원장님이 마이크를 잡았다.

"여러분은."

마주리 원장님은 말을 멈추더니, 고개를 돌려 우리 쪽부터 한번 쭉 훑어보았다.

"새롭게 태어날 겁니다. 돼지, 고릴라, 뚱보는 더 이상 없습니다. 해골, 빼빼로, 골룸도 마찬가지고요."

어쩌면 저렇게 아름다울 수 있을까? 얼마 전에 집 근처에서 드라마 촬영하는 것을 본 적이 있었는데, 그때 봤던 탤런트보다 마주리 원장님이 더 예쁘다. 게다가 마주리 원장님은 예쁘기만 한 것뿐만 아니라 말도 아주 잘했다. 마주리 원장님은 이제까지 우리가 겪었을 일을 이야기하며, 다시는 그런 일을 겪지 않아도 된다고 아주 강력하게 말했다.

"40일간의 기적을 여러분은 경험하게 될 것입니다. 바로, 여기, 마주리 다이어트 학교를 통해서요!"

마주리 원장님의 말씀이 끝났다. 할 수 있는 한 아주 힘껏 박수를 쳤다. 민아도 마주리 원장님의 말에 감동받았는지 나만큼 세게 박수를 쳤다. 내가 마주리 원장님을 좋아하는 이유는 단순히 예뻐서만이 아니다. 마주리 원장님이 나와 같은 과거를 갖고 있기 때문이다. 마주리 원장님은 이십대 때까지만 하더라도 뚱뚱하고 못생겼다. 하지만 과학적인 다이어트를 통해 30kg 이상의 몸무게를 감량했고, 우리나라뿐만 아니라 일본, 중국에서도 유명한 다이어트 전도사가 되었다. 만약 마주리 원장님이 처음부터 예쁜 사람이었다면 나는 마주리 원장님을 지금처럼 좋아하지 않았을 것이다. 이곳에 오겠다고 결심한 것도 모두 마주리 원장님 때문이다. 진심으로 나도 마주리 원장님처럼 되고 싶다.

  마주리 원장님의 말씀이 끝난 후, 다른 선생님들의 소개가 이어졌다. 사회를 본 여자는 부원장이었고, 아까 우리 가족을 안내해 준 남자의 이름은 김석희로 트레이너 중의 한 명이었다. 그 밖에도 여자 트레이너 세 명과 남자 트레이너 한 명이 더 있었다.

  "마이너스 팀과 플러스 팀이 프로그램은 따로 운영됩니다. 백자영 부원장님, 유선민 선생님, 박윤재 선생님은 마이너스 팀을 담당해 주실 것이고, 주보배 선생님과 김석희 선생님은 플러스 팀을 맡아 주실 거예요."

  "마이너스는 뭐고 플러스는 뭐야?"

  난 부원장님이 설명을 하는 동안 민아에게 살짝 물었다.

  "우리는 마이너스 팀이고, 저기 날씬한 애들이 플러스 팀이야. 우리는 몸무게를 마이너스해야 하고, 쟤네는 찌워야 하니까."

  민아가 책자를 펼쳐 가리켰다. 책자에 자세한 설명이 나와 있었다. 아까 1층에서 책자를 받았지만 시간이 없어 미처 읽지 못했다.

  이번 여름 다이어트 학교에 들어온 아이들은 총 50명인데, 35명이 마이너스 팀이고, 15명이 플러스 팀이다. 플러스 팀이 10명도 안 된다고 생각했는데, 생각보다 인원이 더 많았다. 워낙 플러스 팀 아이들이 말라서 더 적어 보였나 보다.

"프로그램은 책자에 나온 대로 운영될 것입니다. 물론 사정상 변동이 있을 수도 있을 거예요. 그리고 중요한 전달 사항이 있는데, 책자에 나와 있지 않지만 한 가지 규칙이 있습니다. 3일마다 한 번씩 몸무게를 잴 겁니다. 그래서 마이너스 팀에서는 가장 적게 몸무게 감량이 있는 사람, 플러스 팀에서는 가장 적게 몸무게가 증가한 사람에게 제재가 가해질 것입니다."

무슨 제재인지 궁금했지만, 부원장님은 그것에 대해 자세히 설명하지 않았다.

4페이지에 있는 하루 일과표를 봤다.

07 : 00   기상. 아침 산책
08 : 00   조회
08 : 30   아침 식사
10 : 00   오전 운동
12 : 00   샤워 후 휴식
13 : 00   점심 식사
14 : 00   오후 운동
16 : 00   영어 회화

17:00　휴식
18:00　저녁 식사
19:00　휴식
20:00　저녁 요가
21:00　휴식 및 상담
23:00　취침

월요일부터 토요일까지는 이 일과표대로 하고, 일요일은 체험 학습 및 자율이라고 나와 있었다. 이 정도라면 어렵지 않을 것 같다. 운동 시간은 하루에 네 시간에 불과하고, 밥도 세 번 다 준다. 이대로 따라 해서 날씬해지기만 한다면, 40일뿐만 아니라 난 기꺼이 400일도 버틸 수 있을 것 같다.

"저녁 식사는 여섯 시입니다. 그 전에 우선 방으로 돌아가서 짐 정리를 하세요. 담당 트레이너 선생님들이 돌아다니시며 핸드폰과 음식물을 수거할 거예요. 만약 몰래 핸드폰 사용을 한다거나, 방에서 허락되지 않은 음식물 섭취를 할 경우 벌점이 매겨지니 잘 알아서 하세요."

벌점이 소개된 8페이지를 펼쳤다. 핸드폰 사용과 음식물 섭취가 발각되면 각각 10점이었다. 그 외에도 프로그램 이탈은 5점, 선생님께 반항은 7점, 친구와 다툼은 4점 등 자세하게 벌점 항목이 나와 있었다. 벌점 10점이 넘으면 원장 면담이었고, 20점이 넘으면 독방행이다.

부원장님의 말이 끝나고, 천천히 의자에서 일어섰다. 현재에게 같이 올라가자고 말할까 했지만, 그 아이는 이미 소강당 문을 빠져 나가고 있었다.

"배고파."

2층으로 내려가던 민아가 말했다. 그런데 민아는 얼른 입을 제 손으로 가렸다.

"아, 정말 내가 여기 와서 이러면 안 되지. 배 안 고파. 안 고파."

민아가 고개를 설레설레 저으며 혼잣말을 했다.

"민아야, 우리 서로 감시하자. 밥 많이 먹지 않고, 운동 게을리하지 않게. 오케이?"

"오케이!"

생각보다 빨리 친구를 사귀었다. 왠지 이곳에서 좋은 일만 생길 것 같다. 지금쯤 내 걱정을 하며 돌아가고 있을 가족들을 생각하니 미안하기만 하다.

밤 10시가 다 되어서 방으로 돌아올 수 있었다. 지유는 나보다 먼저 들어왔는지 샤워를 하는 중이었다. 난 침대에 앉아 지유가 나오기만을 기다렸다. 저녁 식사를 한 지 세 시간이 넘었지만 별로 배가 고프지 않다. 식사의 맛은 학교 급식과 비슷했지만, 양은 조금 더 적었다. 지금쯤 집에 있었다면 가족들과 함께 양념치킨과 피자를 먹으며 텔레비전을 보고 있을 거다. 양념치킨을 생각했지만 침이 꼴깍 넘어가기는커녕 오히려 구역질이 났다. 신기하다. 이게 바로 날씬한 사람이 되는 징조일까? 트레이너 선생님은 나도 날씬해질 수 있을 거라고 했다. 저녁 식사가 끝나고, 인바디 체크와 개별 면담이 이루어졌다. 다행히 트레이너 선생님은 남자 박윤재 선생님이 아닌, 여자 유선민 선생님이었다. 만약 잘생긴 박윤재 선생님 앞에서 몸무게를 쟀다면, 난 정말 창피해서 죽어버렸을지도 모른다.

유선민 선생님 앞에서 정확한 몸무게를 측정했고, 상의 후 목표 몸무게를 정했다. 난 20kg을 빼서 50kg대에 진입하는 게 목표다. 하지만 트레이너 선생님은 40일간 20kg은 무리라며, 15kg으로 하자고 했다. 난 한 발 물러서서 목표 몸무게를 64kg으로 적어 냈다. 목표 몸무게는 64kg이지만, 난 반드시 59kg이 되어 사람들을 깜짝 놀라게 해줄 거다.

"언니, 왔어?"

지유가 샤워를 마치고 나왔다. 잠옷을 입고 있는 지유는 아까 봤을 때보다 더 말라 보였다. 잠옷이 아주 많이 헐렁했다. 나도 나지만, 지유도 참 고민이 많을 것 같다.

속옷을 챙겨 들고 목욕탕으로 들어갔다. 내일 7시 기상 시간에 맞추어 일어나기 위해서는 적어도 11시 전에는 잠들어야 한다.

샤워 부스에 들어가 샤워기를 켰다. 물줄기가 온몸을 적셨다. 고개를 숙여 구석구석 내 몸을 살펴봤다. 오늘 아침까지만 하더라도 이 녀석들을 보면 짜증이 났는데, 지금은 조금 불쌍해 보인다. 이 녀석들이 나와 함께할 시간은 이제 얼마 남지 않았다. 비누 거품을 묻힌 타월로 녀석들을 닦아주었다.

"잘 가라, 내 살들아. 바이바이, 주뚱."

나도 모르게 콧노래가 나왔다. 오늘은 무척 아름다운 밤이다.

달콤한 열매

다리 근육 운동을 하고 있는데, 박윤재 선생님이 다가왔다.

"다리를 끝까지 뻗은 후에 삼 초간 쉰 다음 내려. 몇 개를 하느냐가 중요한 게 아니라, 얼마나 정확히 하느냐가 더 중요한 거야."

선생님의 말을 듣고 다시 다리로 기구를 든 다음 3초간 쉬었다.

"그래, 그렇게."

선생님은 옆자리 기구에 있는 다른 아이에게로 옮겨 갔다.

몇 개까지 했더라? 선생님이 말을 거는 바람에 운동 횟수를 잊어버렸다. 30번을 해야 하는데, 확실한 건 15개 이상은 했던 것 같다. 그냥 15번부터 다시 해야겠다.

허벅지 근육운동을 끝내고, 상체 근육운동을 하는 기구로 옮겼다. 양팔에 기구를 끼운 후 힘껏 폈다.

하나.

둘.

셋.

넷.

다섯.

휴우. 한숨이 나왔다. 다섯 번까지는 쉬웠지만, 더는 못하겠다. 근육이 끊어질 것 같다. 운동 시간은 너무 고통스럽다. 차라리 영어 회화 시간이 기다려질 정도다.

주변을 둘러보았다. 아이들이 낑낑대며 다들 열심히 운동을 하고 있다. 이대로 멈출 수는 없다. 다시 힘을 내어 팔을 쭉 폈다. 인내는 쓰지만, 열매는 달다. 아침 조회 시간에 마주리 원장님이 이 말을 했다. 원장님은 열심히 노력한 자만이 달콤한 열매를 먹을 수 있다고 강조했다.

'나는 돼지다. 하지만 사람이 될 거다.'

오늘 조회 시간에 어떤 남자아이가 구호를 외치던 모습을 떠올렸다. 일주일에 두 번 조회 시간에 공식적으로 체중 체크를 하고, 감량률이 가장 낮은 아이는 마이너스 팀 전체 앞에서 이 말을 한다. 그나마 마이너스 팀과 플러스 팀의 조회가 따로 이루어져, 플러스 팀 아이들 앞에서 구호를 외치지 않는 일은 정말 다행이다. 하지만 같은 처지인 아이들 앞에서도 돼지라고 인정하는 건 무척 창피한 일이다.

구호를 외치고 싶지 않으면 더 열심히 운동해야 한다.

오후 근육운동을 모두 마쳤다. 러닝머신을 40분 뛰면 오늘의 체력 단련이 마무리된다.

기구에서 일어서는데 구역질이 났다. 위가 트위스트라도 추는지, 속이 매우 울렁거렸다. 오전에도 그런 일이 있어서 선생님에게 여쭤보니, 운동을 안 하다가 해서 어쩔 수 없는 현상이라고 했다.

체육관 입구에 있는 정수기로 가서 물 한 컵을 마셨다. 조금 살 것 같다. 심호흡도 여러 번 했다.

물을 다 마신 후 러닝머신으로 걸어갔다. 그런데 민아가 자전거 머신에 가만히 앉은 채, 다리는 움직이지 않고 있었다.

"뭐 해?"

"죽을 것 같아."

민아의 얼굴이 빨갛게 달아올라 있었다.

"그럼 이따 봐."

민아가 있는 곳을 지나친 후, 러닝머신 위에 올라가 속도를 4km로 설정했다. 처음부터 무리하게 뛰면 안 된다. 5분이 지날 때마다 0.5km씩 늘려야 한다. start 버튼을 누르자, 기계가 움직이기 시작했다.

종아리에 돌덩이를 얹어놓은 것처럼 걷는 게 쉽지 않다. 하지만 러닝머신에서 떨어지지 않으려면 멈춰서는 안 된다. 아까 점심 먹기 전에 몸무게를 재보니 1.5kg이 줄었다. 장염 걸렸을 때를 제외하고, 태어나서 한 번도 몸무게가 줄어든 적이 없었는데 정말 신기하다. 오늘이 다이어트 학교에 입소하여 프로그램을 시작한 지 3일째다. 그동안 밥도 적게 먹고, 운동도 열심히 했다. 아침 산책 한 시간, 오전 근육운동 두 시간, 오후 근육운동 두 시간, 저녁 요가 한 시간을 따져보면 적어도 하루에 600kcal가 소모되었을 것이다. 거기다가 평소 먹는 양보다 400kcal는 적게 먹었으니, 계산이 맞는다면 하루에 1kg을 감량하는 셈이다. 이렇게 하다 보면 금방 55kg이 될 것이다. 얼른 기숙사 방 벽에 붙은 사진처럼 되고 싶다. 학교에서는 세 장의 사진을 방 벽에 붙여주었다. 중간에는 현재의 내 사진이 붙어 있고, 왼쪽과 오른쪽에는 가상사진이 붙어 있다. 왼쪽에는 내가 살을 빼지 않았을 때 5년 뒤의 모습, 그리고 오른편에는 내가 목표한 몸무게에 도달한 모습의 사진이다. 왼편의 사진은 정말 끔찍했다. 세상에 그런 뚱뚱보는 없을 것이다. 만약 스무 살 나의 모습이 그렇다면, 나는 남자친구 하나 못 사귀고, 취업도 제대로 하지 못하고, 최악의 삶을 살고 있을 게 분명하다. 아직 5분이 채 되지 않았지만 속도를 더 높였다. 왼쪽의 사진처럼 절대 되고 싶지 않다.

오후 운동이 끝나고 샤워를 하기 위해 2층 내 방으로 돌아왔다.

지유는 방에 없었다. 플러스 팀은 먼저 식당에 가 있을 거다. 지유 이야기를 들어보니, 플러스 팀의 하루는 정말 여유로웠다. 마이너스 팀과 플러스 팀의 활동은 따로 진행되며, 하루 일과도 전혀 다르다. 그들도 근육운동을 하긴 하지만, 오전 오후를 다 합쳐도 한 시간에 불과했고, 주로 책을 보거나 영화를 보는 일을 했다. 게다가 하루 세 끼의 식사 외에도 간식 시간이 다섯 번이나 있었다. 플러스 팀은 먹고 쉬고, 먹고 쉬고를 반복했다. 집에서의 나의 생활과 아주 유사했다. 난 그런 생활이라면 100일, 아니 1년이라도 더 할 수 있을 것 같은데, 지유는 그 다섯 번의 간식 시간이 고역이라고 했다. 고열량의 간식을 남기면 벌점을 받기 때문에, 먹기 싫은데도 억지로 다 먹을 수밖에 없다고 했다.

샤워를 마치고 나오니, 복도에서 민아가 나를 기다리고 있었다. 민아는 언제 기운이 없었냐는 듯 활짝 웃고 있다.

"얼른 가자."

민아가 내게 팔짱을 끼었다. 민아는 식사 시간과 운동 시간의 모습이 180도 다르다.

"저녁 반찬은 뭘까? 아, 정말 배고파 죽을 뻔했어."

민아가 천천히 걷는 나를 잡아끌었다.

식당에는 마이너스 팀 아이들이 많지 않았다. 다들 씻느라 늦나 보다. 배식대에서 밥을 받아 자리를 잡고 앉았다. 식당 입구 쪽 플러스 팀 식탁에 앉은 지유가 보였다. 마이너스 팀과 플러스 팀은 같은 식당을 쓰지만, 배식대와 자리는 다르다.

"홍홍아, 쟤네 제육볶음 먹나 봐. 냄새 장난 아니다."

저 멀리 플러스 팀 아이들 식판에 빨간 게 보였다. 저들과 우리는 반찬이 다르다. 지금 내 식판에 있는 반찬은 미소된장국, 두부조림, 멸치볶음, 기름 없이 구운 김이 전부다. 하지만 플러스 팀 반찬은 고기에, 튀김에, 양도 아주 많다.

"홍홍아, 정말 웃기지 않아? 어떻게 같은 사람인데 우리처럼 뚱뚱할 수 있고, 쟤네처럼 날씬할 수 있는 거지?"

"그러게 말이다."

"난 쟤네가 여기 왜 왔는지 모르겠어. 날씬하면 얼마나 좋아? 어떻게 살찌고 싶어서 여길 오지?"

"근데 쟤네가 심하게 마르긴 했잖아."

"뭐 그렇긴 하지."

마이너스 팀인 우리가 통통한 것을 넘어서 뚱뚱한 거라면, 플러스 팀 아이들은 날씬한 것을 넘어서 비쩍 곯았다는 표현이 맞을 것이다. 나와 동갑인 지유의 친오빠도 여기 같이 왔는데, 지유의 오빠도 지유만큼 비쩍 말랐다. 내가 태어나서 만나본 남자 중에서 가장 마른 것 같다.

좋아하는 반찬이 아니었지만 아주 맛이 있었다. 요리를 맛있게 해서 그런지, 아니면 내가 운동을 많이 해서 그런지 잘 모르겠다. 정말 이러면 안 되는데 큰일이다. 나는 식판의 밥을 노려보며, '이건 음식이 아니라 나의 불행'이라고 암시를 했다. 오늘 아침 조회 시간에 마주리 원장님은 음식을 미워해야만 살을 뺄 수 있다고 했다. 원장님의 말이 틀린 건 하나도 없다. 이것들 때문에 내가 살이 뒤룩뒤룩 찐 것이고, 이것들은 나를 우울하게 만들었다. 하지만 아무리 미워하려야 미워할 수가 없다. 난 음식을 미워하는 것을 포기했다. 차라리 아무 생각 없이 먹는 게 나을 것 같다.

"제육볶음 딱 한 젓가락만 먹고 싶다."

"야, 그만해."

나도 모르게 민아에게 화를 냈다.

"미안. 네가 자꾸 그러면 나도 먹고 싶단 말이야. 우리 아예 저쪽 생각 하지 말자."

민아가 알겠다고 고개를 끄덕였다. 하지만 나도 제육볶음을 한 입만 먹으면 소원이 없을 것 같다. 나는 육식주의자로 고기를 아주 많이 사랑한다. 어렸을 적부터 고기반찬이 없으면 밥을 먹지 않았다. 그런 내가 고기를 못 먹은 지 3일이 넘었다. 간간이 반찬으로 구운 닭가슴살이 나오긴 했지만, 닭가슴살이 어디 고기인가. 여기 오기 전날, 엄마가 삼겹살을 구워주겠다고 했지만 나는 괜찮다며 먹지 않았다. 그때 왜 나는 삼겹살을 먹지 않았을까. 아니다. 차라리 다행이라고 생각하자. 이제 나도 드디어 고기를 끊게 되었다. 고기가 살의 원인이라고 생각하여 수십 번 고기를 끊으려고 했다. 초등학교 3학년 때, 급식 반찬으로 나온 찹스테이크를 먹고 있었는데, 같은 반 남자애가 날 보며 "동족상잔의 비극"이라고 했다. 난 그 말이 무슨 말인지 몰랐다. 집에 돌아가 인터넷으로 검색해 보고, 그 애가 나를 놀린 거라는 걸 알았다. 너무 분하고 슬펐지만 고기를 끊을 수 없었다. 얼마 전에는 고기를 끊기 위해 돼지, 소, 닭이 잔인하게 사육되는 동영상도 찾아보았다. 많은 사람들이 그걸 보고 채식주의자가 되었다고 해서 나도 내심 기대를 했다. 동영상을 볼 때는 인상이 써졌지만, 나는 바로 고기를 찾아 먹었다. 고기는 내 운명이었기 때문이다. 그러나 난 이곳에서 고기와 멋지게 작별하고 집으로 돌아갈 것이다.

식판에 밥 한 숟가락이 남았다. 고민이다. 살을 빼기 위해서는 한 숟가락을 남겨야 한다는데 어쩌지? 주위를 보니, 밥을 남긴 아이들이 몇 명 있었다. 내일 모레 두 번째 체중 체크가 이루어진다. 가장 적게 몸무게 감량을 한 사람은 구호를 외칠 뿐만 아니라 벌점도 받는다. 난 마지막 밥 한 숟가락을 먹지 않고 숟가락을 내려놓았다.

민아와 내가 밥을 다 먹고 일어나려고 하는데 식당으로 현재가 들어오는 게 보였다.

"쟤 아직도 방에서 말 한마디 안 해?"

"응. 말 걸어도 대답 잘 안 하고, 단답형으로만 대답해."

배식을 받은 현재는 식당 구석에 가서 앉았다. 운동을 하면서 저 아이와 몇 번을 마주쳤지만 인사도 제대로 하지 못했다.

"왜 저런대?"

"모르겠어, 나도."

민아가 고개를 설레설레 저었다. 저 아이가 웃는 것도, 다른 사람과 대화하는 것도 본 적이 없다. 얼굴에 불만이 가득하다. 여기 오기 싫은데 억지로 끌려온 건가? 하지만 그런 애치고는 이상하게 운동도 제일 열심히 했고, 밥도 아주 적게 먹었다. 어쩌면 우리와 상대하기 싫어서 그럴 수도 있다. 자기도 뚱뚱하면서 자기보다 뚱뚱한 사람을 혐오하는 사람들이 있다.

식사를 마치고 2층 휴게실로 내려왔다. 저녁 식사를 마치고 한 시간 정도를 쉰 후, 8시부터 요가를 한다. 요가를 하면 예쁜 몸매가 된다고 한다. 하지만 우리에게 급선무는 예쁜 몸매가 아닌, 몸에 덕지덕지 붙은 살을 떼내는 것이다. 요가가 무슨 효과가 있을까 싶지만, 근육운동에 비한다면 열 배, 아니 백 배는 쉽다.

"아, 시원한 콜라 마시고 싶다."

소파에 앉으며 민아가 말했다. 민아는 입만 열면 먹고 싶은 음식 타령이다. 내가 고기 중독이라면, 민아는 인스턴트 음식 중독이다. 맞벌이를 하는 부모님 때문에 어렸을 적부터 인스턴트 음식을 입에 달고 살았다고 했다.

"미안, 깜박했어."

내가 민아를 제지하기 전에, 민아가 먼저 말했다.

"안 되겠다. 앞으로 내가 음식 이야기 할 때마다 내 머리에 꿀밤 한 대씩 때려주라."

"진짜?"

"응. 그래야 아예 생각을 안 할 거 아니야."

민아가 눈을 부릅뜨고 말했다.

"나 꿀밤 엄청 세게 때리는데?"

"괜찮아."

"알았어. 너 다음에 딴소리 하지 마."

의자에 앉아 쉬고 있는데, 애들 서너 명 정도가 더 휴게실로 들어왔다. 그중에 새미 언니도 있었다. 새미 언니는 오자마자 스트레칭을 했다. 언니는 나나 민아처럼 뚱뚱하지 않다. 어림짐작으로 키 165cm에 55kg이 조금 안 되어 보이고, 마이너스 팀 중에 가장 날씬하다. 처음엔 언니 같은 사람이 왜 여기 들어왔나 의아했지만, 알고 보니 언니는 작년 여름과 겨울에 이어 세 번째 온 것이다. 다른 아이들의 말에 따르면, 언니는 작년에 여기에 와서 20kg 이상을 감량했고, 살을 더 빼기 위해 다시 들어온 것이다. 초등학생 여자애들 몇 명은 언니를 가리켜 다중이(다이어트 중독)라고 별명을 지어 부르기도 했다.

새미 언니가 운동하는 것을 보고, 휴게실에 있던 마이너스 팀의 다른 아이들도 따라 하기 시작했다. 언니가 운동하는 걸 보니 조바심이 났다. 하지만 난 휴식 시간만큼은 온전히 쉬고 싶다. 이 두 마음 사이에서 갈등하고 있는데, 민아가 날 불렀다.

"홍홍, 방 침대에 가서 누워 있을까?"

난 민아의 제안을 단번에 받아들였다. 처음부터 너무 무리할 필요는 없다. 이제 겨우 3일이 지났을 뿐이다.

휴게실에서 나와 내 방으로 가려고 하는데, 민아가 자기 방에 가서 같이 있지 않겠냐고 했다. 현재는 휴식 시간에도 체력단련실에 있다며 걱정하지 말라고 했다.

방에 들어오자마자, 우리는 침대 위에 벌렁 누웠다. 민아 침대에 같이 누울까 했지만, 싱글 침대라 너무 좁았다. 난 현재 침대에 누웠다.

"아, 너무 좋다."

"그러게."

"오늘은 저녁 요가 안 했으면 좋겠다."

"나도."

이대로 침대에서 자고 싶다. 온몸의 근육이 움직일 때마다 쑤셨다.

"홍홍, 넌 살 빼면 가장 먼저 뭐 하고 싶어?"

민아가 내 쪽으로 몸을 돌리며 물었다.

"제일 먼저 백화점에 가서 예쁜 옷을 사서 입을 거야."

난 초등학교 저학년 때부터 성인용 옷을 입었다. 하지만 중학생이 되면서 성인용 옷도 마음대로 입을 수 없었다. 성인용 옷은 대부분 작았다. 그래서 남자들이 입는 커다란 티셔츠와 바지를 입을 수밖에 없었다. 나도 텔레비전에 나오는 연예인들처럼 화사한 색깔의 옷을 입어보고 싶다. 남성용 옷은 색깔이 다 칙칙하고 모양도 별로다.

"밍밍이 너는?"

민아와 나는 서로의 이름을 따 '홍홍'과 '밍밍'으로 부르기로 했다. 바깥에서 우리의 별명은 '돼지고릴라'나 '저팔계' 같은 것뿐이다. 우리도 귀엽고 사랑스러운 별명을 갖고 싶다.

"난……."

민아가 입을 달싹거리며 말을 제대로 하지 못했다.

"넌 뭐 하고 싶은데?"

"난 좋아하는 사람한테 고백할 거야."

"우와. 진짜?"

민아가 배시시 웃으며 고개를 끄덕였다.

"너 그것 때문에 살 빼려는 거야?"

"뭐 꼭 그런 건 아니지만, 지금 상태로 고백했다간 뺑 차일 거야."

"그 남자애, 같은 반이야?"

"아니."

민아는 중학교 3학년인 동아리 선배 오빠를 좋아한다고 수줍게 말했다.

"니 친구들도 좋아하는 거 알아?"

"아니, 아무도 몰라."

민아가 손사래를 치며 말했다.

"말하면 다들 비웃을 거야. 그 오빠는 아주 멋있거든."

민아의 목소리에 힘이 없었다. 기분이 조금 우울해졌다. 뚱뚱한 여자가 잘생긴 남자를 좋아한다는 건 웃음거리다. 뚱뚱한 여자는 아무도 좋아해서는 안 된다. 심지어 영화나 드라마 속에서 뚱뚱한 여자는 짝이 없다. 그녀는 아무도 좋아하지 않고, 아무도 그녀를 좋아해주지도 않는다. 뚱뚱한 여자는 여자도 아니고, 중성의 인간일 뿐이다.

"밍밍아, 우리 살 꼭 빼자. 그래서 당당하게 백화점에 가서 옷도 사 입고, 남자 친구도 사귀자."

"물론이지. 우리 여기 오길 정말 잘한 것 같아, 그치?"

"응."

이 학교에 들어오기까지 정말 힘들었다. 아빠와 엄마는 왜 이런 곳까지 와서 살을 빼야 하는지 이해하지 못했다. 여기 오기 위해 6개

월을 울며불며 조르고 또 졸랐다. 도저히 보내줄 것 같지 않았던 아빠와 엄마는 원서 마감일 날 겨우 허락을 해주었다. 여기 보내준다는 말을 들었을 때, 너무 좋아서 잠도 못 잤다. 불치병 환자가 치료법이 개발되었다는 말을 들었을 때 심정이 꼭 나 같을 거다. 민아는 성적을 올린 대가로 여기 왔다고 했다. 의외로 민아는 공부를 썩 잘했다. 내 반 등수보다 민아의 전교 등수가 더 높았다. 민아에게 공부 잘해서 좋겠다고 하니, 민아는 다른 사람들이 자기 성적을 아는 게 싫다고 했다. 민아가 성적이 잘 나오면, 주변 사람들은 '그래, 네가 공부라도 잘해야지'라는 눈으로 쳐다본다고 했다.

침대에 누워 민아와 수다를 떨고 있는데, 갑자기 방문이 홱 열렸다. 침대에서 일어날 사이도 없이 열린 문으로 현재가 들어왔다. 현재는 자기 침대에 누워 있는 나를 째려봤다. 난 얼른 침대에서 일어났다.

"미안. 피곤해서 잠깐 누워 있었어."

내가 사과를 했지만, 현재는 나를 노려볼 뿐 아무 말도 하지 않았다. 난 다시 한 번 미안하다고 사과했다. 하지만 현재는 고개를 돌린 채 나를 쳐다보지도 않았다.

민아와 나는 방문을 열고 슬그머니 나왔다.

"에어컨이 따로 없네. 찬바람이 아주 쌩쌩 불어."

"미안해. 괜히 내가 우리 방에 오자고 해서."

"괜찮아. 그냥 우리 방에 가자. 지유는 너 와도 좋아할 거야."

우리 방문이 반 정도 열려 있었다. 지유가 방에 있나 보다. 지유는 혼자 있을 때 절대 문을 닫지 않고, 꼭 방문을 반 정도 열어놓고 있다.

나는 민아를 데리고 우리 방으로 왔다. 지유는 책상에 앉아 책을 읽고 있었다. 지유는 커다란 가방을 두 개나 가지고 왔는데, 한 개는 책만 가득 들어 있었다.

"언니들, 안녕."

지유가 나와 민아에게 인사를 했다. 팀이 다른 지유는 방에 와야지만 만날 수 있다. 그런데 지유는 기운이 하나도 없었다.

"밥 잔뜩 먹은 애 목소리가 왜 그러냐? 기운이 없어야 하는 건 우리라고."

난 민아와 나를 가리키며 말했다.

"너무 많이 먹어서 말도 제대로 못하겠어. 목까지 음식물이 차 있는 기분이라고."

지유는 소화가 되지도 않았는데, 계속 먹어야 해서 힘들다고 했다.

"내가 꼭 프랑스 거위가 된 것 같아."

"웬 거위?"

"푸아그라를 만들기 위한 거위. 상자에 갇힌 채 억지로 음식을 삼키고 있는 듯한 기분이야."

'푸아그라'라는 음식 이야기를 들어본 적이 있다. 살찐 거위 간이 맛있다고 해서, 프랑스에서는 일부러 거위를 상자 안에 가둔 채 지방이 가득한 음식을 먹인다. 그렇게 되면 거위의 간이 살이 쪄 아주 맛이 있게 되고, 그 거위 간으로 만든 요리가 푸아그라다. 난 한 번도 푸아그라를 먹어본 적이 없다. 푸아그라를 만드는 방법이 잔인하다고 싫어하는 사람도 있다지만, 맛이 좋다고 하니 한번 먹어보고 싶기는 하다.

"난 먹는 게 너무 싫어. 알약 하나만 먹고 배가 불렀으면 좋겠어."

"야, 너 제정신이냐? 먹는 게 얼마나 좋은데? 탕수육, 피자, 초콜릿케이크, 자장면, 잡채, 족발, 순대, 햄버거, 감자 칩."

민아가 정색을 하며 지유에게 소리쳤다. 민아가 말하는 것만 듣고 있어도 침이 나왔다.

"언니들, 정신 차려."

지유가 우리 얼굴 앞에 손을 흔들며 말했다. 잠깐 정신이 안드로메다에 다녀왔다.

"맞다. 너 음식 말하면 꿀밤 맞기로 했지? 가만 있어 보자, 음식 몇 개 말했지? 깎아서 다섯 대만 때릴게."

내가 민아 앞으로 다가가자, 민아가 눈을 꼭 감았다. 민아가 조금 불쌍해 보이긴 했지만, 약속은 약속이다. 나는 다섯 대를 연속으로 때렸다. 다 맞고 난 민아는 아픈지 연신 이마를 손바닥으로 문질렀다. 민아와 나는 침대에 나란히 앉았다.

"나중에 정말 과학이 발달하면 말이야. 살을 뗐다 붙였다 하는 날이 왔으면 좋겠어. 바깥에 나갈 때는 떼고, 집에 들어오면 붙이는 거야."

"홍홍, 그거 정말 좋은 생각이다."

민아는 제 살을 손가락으로 주욱 잡아당기며 붙였다 뗐다를 반복했다.

"언니들, 집에 와서 굳이 그걸 붙여야 돼?"

지유가 나와 민아를 쳐다보며 말했다. 생각해보니, 지유 말대로 살을 다시 붙일 필요는 없을 거다.

"밍밍아, 너 현재랑 같은 방 쓰느라고 고생이 많겠다."

현재의 차가운 얼굴을 생각하니 나도 모르게 몸서리가 쳐졌다.

"할 수 없지 뭐."

"근데 걔 왜 그런 거야? 성격에 좀 문제 있어 보여."

"나도 처음엔 친해지려고 말도 걸고 그랬는데, 아무래도 힘들 것 같아."

민아가 고개를 절레절레 저으며 대답했다. 마이너스 팀에서 혼자 다니는 아이는 현재밖에 없다. 나와 민아가 둘이 다니듯, 다들 두세 명씩 짝을 이루며 다닌다.

"참, 너도 걔네 엄마 봤지? 현재랑 하나도 안 닮았던데?"

"응. 엄청 예쁘더라. 혹시 말이야."

"혹시 뭐?"

"새엄만가?"

"왜? 안 닮아서? 뭐 아빠 닮았을 수도 있잖아."

이종사촌 언니인 예슬 언니는 이모가 아닌, 이모부를 닮아 꽤 예쁘다는 소리를 들었다.

"아니, 꼭 그런 게 아니고. 입소식 날 보니까, 엄마가 너무 쌀쌀맞더라고. 그래서 난 친엄마가 아닌가 했지."

그림이 그려졌다. 못된 새엄마가 현재를 구박해, 현재가 그렇게 못된 성격이 된 것이다. 혹시 여기 온 것도 자기가 오고 싶어서 온 게 아니라, 새엄마가 의붓딸과 잠시라도 떨어져 있고 싶어 억지로 보낸 게 아닐까?

"현재 조금 불쌍하다. 꼭 집에서 쫓겨난 백설공주 같아."

"그러게. 물론 외모는 아니지만 말이야."

현재가 갑자기 딱하게 여겨졌다.

"그런데 언니들, 원래 왕비가 계모가 아니라 친모였던 거 알아?"

책상 위에 앉아 책을 보고 있던 지유가 갑자기 우리 이야기에 끼어들었다.

"무슨 소리야?"

"원래 이야기에서는 '백설공주'도, '헨젤과 그레텔'도 모두 새엄마가 아니라 친엄마였어. 하지만 그림형제가 개작하면서 새엄마로 바꾼 거야. 친엄마가 자식을 쫓아냈다고 하면 사람들이 이야기를 싫어할까 봐 바꾼 거라고."

지유는 그림형제 이야기에 대해 들려주었다. 그림형제 이야기는 그림형제가 지은 게 아니었다. 독일에도 우리나라의 '해와 달이 된 오누이'나 '우렁각시' 같은 옛이야기가 있고, 그것을 그림형제가 수집해 개작한 것이 그림형제 이야기라고 했다. 이제까지 나는 그림형제가 새롭게 만든 이야기인 줄 알았는데, 그림형제에게 조금 실망이다. 지유는 독일에 그림형제가 있다면, 프랑스에 '페로'라는 사람도 있다고 알려주었다. 사람들이 그림형제 이야기라고 알고 있는 이야기 중에 페로가 개작한 이야기가 많다고 했다.

"너, 도대체 정체가 뭐냐?"

"그래. 지유 너 정말 초등학교 5학년 맞아?"

내가 초등학교 5학년 때 무얼 했나 생각하니, 인터넷 서핑을 한 것밖에 떠오르지 않았다.

"지유야. 너 꼭 박사 같아."

민아가 지유에게 다가가 지유의 볼을 꼬집으며 말했다. 동생이 없는 민아는 지유를 매우 귀여워했다.

"안 그래도 우리 반 애들이 나보고 '골박'이라고 불러."

"골박이 뭔데?"

"골룸 박사."

지유의 말에 민아와 나는 깔깔대고 웃었다. 지유가 웃지 말라고 했지만, 도저히 웃음을 멈출 수가 없었다. 지유와 너무 잘 어울리는 별명이었다.

따르르르르르르르릉.

요가 시간을 알리는 벨이 울렸다. 얼마 쉬지도 않은 것 같은데, 벌써 한 시간이 지났나 보다. 민아와 나는 천천히 침대에서 일어났다. 지유도 보던 책을 책상 위에 내려놓고 방에서 나왔다. 지유는 입이 잔뜩 나왔다. 마이너스 팀이 요가를 할 때, 플러스 팀은 저녁 간식과 보약을 먹는다. 나와 지유를 합쳐 반으로 나누면 얼마나 좋을까? 그렇다면 지유도 나도 고생을 하지 않을 텐데. 하지만 내가 이 말을 하면, 분명 지유는 "우리가 꼭 합쳐야 돼?"라고 말할 것이다.

쉬다가 갑자기 걸으니 온몸의 근육이 찌릿하며 발끝부터 머리끝까지 아팠다. 이 몸을 가지고 요가를 할 생각을 하니 끔찍하다. 하지만 여기서 포기할 수는 없다.

환웅은 곰과 호랑이에게 쑥과 마늘을 주며, 100일을 동굴에서 버티면 사람으로 만들어주겠다고 했다. 하지만 호랑이는 참지 못한 채 뛰쳐나왔고, 결국 곰만 사람이 되었다. 호랑이는 참 바보다.

난 절대 어리석은 호랑이 따위는 되지 않을 거다.

돼지인간과 해골바가지

"일주일간 수고 많았습니다. 잘 따라오고 있는 학생도 있지만, 그렇지 못한 학생도 있습니다. 조금 더 먹어도 되겠지, 운동 조금 쉬어도 되겠지, 라는 생각은 버리세요. 조금이 모여 여러분에게 아주 크게 되돌아옵니다. 언제까지 여러분은 사람 취급도 받지 못한 채 살 건가요? 이제 5주가 남았어요. 기억하세요. 뿌린 대로 거둡니다."

마주리 원장님의 조회 연설이 끝났다. 원장님의 마지막 말은 늘 '뿌린 대로 거둔다'이다. 그 말을 들을 때마다 움찔한다. 내 살들은 모두 내가 자초한 거다.

"흥흥, 정말 너무하지 않냐? 어떻게 일요일까지 조회를 하냐?"

"그러게. 말이라도 짧게 하던지. 다리 너무 아파."

매일 아침 마주리 원장님을 만날 수 있다는 게 처음엔 좋았지만, 이제는 아니다. 조회는 이틀에 한 번만 했으면 좋겠다. 입소식 날을 제외하고, 본격적인 프로그램이 시작된 이후로 조회는 서 있는 상태에서 진행되었다. 힘들고 배고픈 상태에서 10분 이상 서 있는 건 고역이다. 하지만 살을 빼기 위해서 피해야 할 것 중에 하나가 '편한 자세'다. 그래서 휴게실에 있는 의자도 딱딱한 나무의자다.

"밍밍아, 너 오늘 뭐 할 거야?"

"난 침대에 누워 하루 종일 뒹굴뒹굴할 거야. 내가 오늘을 얼마나 기다렸는데."

민아는 식사 시간을 제외하고 아무것도 하지 않은 채 쉴 거라고 했다. 일요일은 일주일 중 유일하게 쉬는 날이다. 일요일은 아침 산책도 하지 않고, 운동을 하지 않아도 된다. 프로그램 일정을 보면 일요일에는 놀이공원에 가거나 워터파크를 가는 등 체험학습을 하는 것으로 되어 있지만, 오늘은 비가 와서 하지 않게 되었다.

아침 식사가 끝나고, 민아는 정말 침대에 누워 쉬려는지 방으로 들어갔다. 민아가 자기 방에서 같이 쉬자고 했지만, 언제 또 현재가 들어올지 몰라 가지 않았다.

방으로 들어오자마자 양치를 했다. 입안에 음식 맛이 남아 있으면 자꾸 음식이 먹고 싶다. 하지만 양치를 하고 나면 음식 생각이 덜 난다. 다이어트 학교에 와서 얻은 깨달음이다.

양치질을 끝내고 목욕탕에서 나왔다. 침대에 누울까 말까 고민이다. 이대로 침대에 누우면 일주일간의 수고가 무너져버릴 것 같다. 어떻게 할까 고민하고 있는데, 지유가 방으로 들어왔다.

"언니, 거기 앉아서 뭐 해?"

난 침대에 눕는 대신 책상 의자에 앉아 있긴 했지만, 딱히 할 일이 없었다. 집에 있었다면 텔레비전을 보거나 인터넷을 했을 텐데, 휴게실에는 텔레비전을 보려는 아이들이 많아 자리가 없었고, 인터넷을 할 수 있는 컴퓨터나 핸드폰도 없다.

책상 위가 깨끗하다. 책상에는 아무것도 올려 있지 않다. 난 책 한 권 꺼내놓지 않았디. 민아는 문제집을 가져와 틈틈이 풀었지만, 난 다이어트에만 집중하고 싶다. 물론 집에 있었어도 문제집 같은 건 풀지 않았을 거다.

"아침 먹고 온 거야?"

"응. 디저트도 먹고 왔어."

"뭐?"

"초콜릿케이크."

초콜릿케이크라는 말에 침이 꼴깍 넘어갔다.

"근데 너 살 좀 찐 거 같아."

"그래?"

지유는 몸무게가 1.5kg 늘었다고 했다. 지유는 이곳에서 10kg

을 찌워야 하는데, 생각만큼 몸무게가 잘 늘지 않아 걱정했다. 내게 10kg쯤 찌우는 건 문제도 아닌데 말이다.

"지유야, 근데 이건 뭐야?"

내 책상 옆 벽면에 이상한 고무관이 둘둘 말려 반투명한 플라스틱 상자에 담겨 있었다. 작년 여름, 학교에서 간 캠프장에서도 봤던 것이다.

"완강기."

"그게 뭐야?"

"불나면 탈출할 때 쓰는 거야. 저 하얀 줄 엄청 길걸?"

"너 정말 모르는 게 없구나."

지유는 뭘 물어봐도 척척 대답을 잘한다. 저 조그마한 몸에 어쩌면 그렇게 아는 게 많이 들어 있는지 모르겠다. 내가 귀엽다고 지유 볼을 꼬집으려고 하니까 지유가 얼른 날 피해 화장실로 들어갔다. 지유는 아는 게 많을 뿐만 아니라 눈치도 빠르다.

지유는 양치질을 하고 나온 후, 어디를 나가려는지 책상 위에 놓인 노트를 챙겼다.

"어디 가?"

"도서관. 여기 있으면 답답하잖아."

4층에 도서관이 있다는 이야기를 듣긴 했다. 하지만 아직 한 번도 가본 적이 없다.

"언니도 같이 갈래?"

"난 책은 별로."

"거기 만화책도 있던데."

"가자."

지유를 따라나섰다. 방에 있다 보면 침대에 누울 게 뻔하다.

도서관에는 예상대로 아이들이 많지 않았다. 마이너스 팀 아이들은 한 명도 없었고, 플러스 팀 아이들이 서너 명 정도 보였다. 난 책꽂이에서 만화책을 몇 권 골라 지유가 있는 책상으로 갔다. 거기에는 지유의 오빠 지용이도 있었다. 몇 번 마주치긴 했지만, 말을 해본 적은 없다.

"언니, 우리 오빠야. 김지용. 여긴 홍희 언니. 오빠, 내가 이야기 많이 했지?"

지용이가 나에게 손을 흔들어 인사를 했다. 지용이는 지유와 아주 많이 닮았다. 비쩍 마른 몸, 뾰족한 턱과 작은 눈, 그리고 검은색 뿔테 안경까지. 지유가 머리만 기르지 않았다면 둘이 쌍둥이라고 해도 믿을 것 같았다. 나도 홍주와 많이 닮았는데, 다른 사람들도 홍주와 나를 보고 이런 생각을 했겠지?

만화책을 두 권 읽고 나자, 몸이 쑤셨다. 침대에 누워 있거나, 소파에 앉아 있는 거라면 몇 시간이라도 할 수 있다. 하지만 딱딱한 의자에, 그것도 책을 읽기 위해 앉아 있는 건 오래 할 수 없다. 앞에 앉은 지유 남매를 보니, 꼼짝도 않고 책을 읽고 있다. 쟤들은 저래서 살이 안 찌는 건가? 밥도 안 먹고 책만 읽어서?

"언니, 뭘 그렇게 뚫어지게 봐?"

"그냥 신기해서."

"뭐가?"

"어떻게 같은 사람인데 나처럼 뚱뚱할 수 있고, 너희처럼 마를 수가 있는 거냐? 니들과 나는 종이 다른 것 같아. 확실히 인간이 복잡하긴 한가 봐. 코끼리와 돼지는 다 살쪘고, 기린이나 사슴 같은 건 다 말랐잖아. 하지만 우리는 같은 사람인데도 뚱뚱하고 날씬하고 이렇게 다르네."

"언니, 심심하지?"

"응, 조금."

역시 지유는 눈치가 빠르다.

"저기 DVD 많으니까 하나 골라서 봐. 저쪽에 DVD실도 있어."

"DVD 어떻게 켜는데?"

"아이 참."

지유가 일어나려고 하는데, 지용이 자기도 DVD를 보러 갈 거라며 방법을 알려주겠다고 일어섰다. 지용이는 나와 같은 중학교 2학년이지만, 마르고 키가 작아서 그런지 홍주보다 더 어려 보였다.

"어떤 거 볼래?"

도서관 한쪽에 있는 DVD실에는 의자가 열 개 정도 놓여 있었고, 스크린이 설치되어 있었다.

"글쎄, 뭐가 재밌지?"

DVD 종류가 많아 고르기가 쉽지 않았다.

"이거 볼래?"

지용이 가리킨 DVD 케이스에는 이상하게 생긴 남자가 기타를 들고 날뛰고 있는 사진이 있었다. 제목은 〈스쿨 오브 락〉이었다.

"재밌어?"

"코미디야."

"너 봤어?"

"아니, 보고 싶었는데 못 봤어."

다른 영화를 고를까 하다가 귀찮아서 그냥 그걸 보기로 했다.

지용이 DVD 플레이어에 DVD를 넣었고, 잠시 후 영화가 시작되었다.

기대하지 않았는데, 영화는 아주 재미있었다. 듀이라는 남자는 록커인데, 뚱뚱하고 촌스러운 얼굴 때문에 록 그룹에서 쫓겨난다. 그는 임시 초등학교 교사가 되고, 초등학교 아이들을 데리고 록 경연대회에 나간다. 내용도 재미있었지만, 주인공을 맡은 남자 배우의 표정 연기가 아주 웃겼다.

"저 남자 배우 이름이 뭐야?"

"잭 블랙."

지용이 심드렁하게 대답했다. 지용은 지유와 말투와 표정도 비슷했다. 둘은 표정이 다양하지가 않다. 늘 똑같은 표정을 짓고 있다. 화가 난 건지, 슬픈 건지, 기분이 좋은 건지 알 수가 없다.

"유명해?"

"응. 아주 유명해. 나 저 남자 배우 팬이야."

잭 블랙이라는 배우는 뚱뚱하고, 얼굴도 절대 잘생기지 않았지만 묘하게 매력이 있었다. 저런 몸을 가지고 유명한 배우가 될 수 있었다니 신기하다. 우리나라에는 뚱뚱한 배우가 없다. 있더라도 잭 블랙처럼 주인공을 맡는 사람은 없고, 잘해야 조연이다.

"근데 너희는 여기 왜 온 거야?"

"왜 오긴, 살찌려고 왔지."

지용이 또 심드렁하게 대답했다. 내가 너무 당연한 걸 물었나 보다.

"부모님이 한 달간 외국 나가 계시거든. 집에서 지유랑 둘이 있기도 뭐해서 여기 왔어. 사실 우리도 따라가고 싶었는데 못 갔어."

"왜?"

"부모님이 여행 작가신데 이번에 고비 사막에 가셨어. 우리도 따라가겠다고 했는데, 우린 체력이 약하다고 안 데려가셨어. 거긴 많이 걸어야 하고, 체력도 뒷받침되어야 하니까. 그래도 여기서 살

져서 나가면 다음엔 데려가준다고 했어."

지용이는 자기 집안 사람들이 체질적으로 살이 잘 안 찐다고 했다. 하지만 자기 남매는 그중에도 유독 더 말랐고, 할머니는 아빠, 엄마가 자식들한테 신경 안 쓰고 여행만 다닌다고 잔소리를 많이 한다고 했다. 여기 들어오는 비용도 모두 할머니가 댄 거란다.

"그럼 너도 외국 여행 많이 가봤어?"

"몇 번. 주로 부모님만 가셔. 우리는 학교도 가야 하고, 우리까지 데리고 가면 돈도 많이 드니까."

지유 남매가 부러웠다. 난 아직 해외여행을 한 번도 못 가봤다. 아빠는 여기에 들어오는 대신, 입소미로 온 가족이 여름휴가로 첫 해외여행을 가자고 했다. 하지만 난 절대 싫다고 했다.

"근데 외국 가보면, 너 정도는 뚱뚱한 것도 아니야. 뚱뚱한 사람들이 얼마나 많은지 몰라. 사실 따지고 보면 우리나라처럼 비만율이 낮은 나라도 없다잖아."

지용이 나를 놀리는 건지 아닌지 구분이 잘 가지 않았다. 학교의 다른 남자아이들은 나를 '뚱돼지', '뚱보'라고 대놓고 말했고, 여자아이들은 은근히 나를 놀렸다. 그 아이들은 나에게 "뚱뚱한 게 어때서? 난 살 좀 쪘으면 좋겠어. 물론 너 정도는 아니지만"이라고 말한다거나, "너희 집은 음식물 쓰레기라는 게 없겠다"라고 말했다. 난 아이들이 나를 교묘하게 놀린다는 걸 알아차렸지만 화를 낸 적이 없다. 아이들이 나를 콤플렉스로 똘똘 뭉친 사람이라고 생각할까 봐서다. 하지만 지용이는 그 아이들과 달랐다. 날 비꼬는 아이들에게는 내 눈치를 살피며 말하는 말투와 표정이 있지만, 지용이는 정말 아무런 감정 없이 말한 것 같았다. 그리고 지용이 나를 놀릴 처지가 아니었다. 작년 우리 반에 지용이처럼 작고 비쩍 마른 남자애가 있었는데, 여자애들도 그 아이를 아주 만만하게 봤고, 남자애들은 운동을 못한다며 축구 경기에도 잘 끼워주지 않았다.

"사실은 지유랑 내가 성장 클리닉에 가서 검사를 받았는데, 지금 영양 상태로는 키가 크지 않을 거래. 성인이 되어도 난 160cm밖에 안 될 거고, 지유는 150cm일 거래. 그 말 듣고 여기 온 거야. 지유한테는 내가 말했다는 거 이야기하면 절대 안 돼. 지유가 싫어할 거야. 알았지?"

난 알겠다고 고개를 끄덕였다.

영화를 보고 나오니, 금방 점심 시간이 되었다. 난 2층에 민아를 부르러 내려갔고, 지용 남매는 바로 4층 식당으로 갔다.

민아의 방문을 열고 들어갈까 하다가 현재가 있을까 봐 노크를 했다. 그런데 안에서 기척이 없었다. 다시 한 번 문을 두드리며 민아를 불렀다. 또 반응이 없다. 민아가 먼저 밥을 먹으러 식당으로 갔나 싶어 돌아서는데, 문이 열렸다. 민아는 막 일어났는지 머리가 부스스했다.

"밥 시간이지?"

"응."

민아는 방으로 들어가 얼른 세수를 하고 나왔다.

"계속 잔 거야?"

"응. 자고 나니까 훨씬 낫다. 몸이 안 쑤시는 데가 없어. 에구, 허리야."

민아는 꼭 할머니처럼 말했다. 하지만 식당에 들어서자 다시 팔팔한 십대가 되었다. 재빠르게 식판을 들어 배식대에 가서 밥을 받았다. 민아는 아줌마에게 애교를 부리며 더 달라고 했지만, 아줌마는 안 된다고 고개를 저었다.

"아, 조금만 더 주지."

밥을 받아 온 민아가 툴툴거렸다.

"그래도 채소는 마음껏 먹을 수 있잖아."

오늘 반찬으로 나온 쌈 채소는 유일하게 마음대로 가져다 먹을 수 있다. 채소는 살이 안 찌기 때문이다. 하지만 과일은 식사 때마다 딱 한 개씩이다. 과일도 채소와 마찬가지로 살이 안 찐다고 생각했는데 아니었다. 과일은 칼로리가 높지 않지만, 당분이 많았다.

채소를 잔뜩 집어 식판 위에 올렸다. 처음 쌈이 반찬으로 나왔을 때, 우리는 고기 없는 쌈을 무슨 맛으로 먹을까 싶어 많이 먹지 않았다. 하지만 이거라도 많이 먹으면 배부른 느낌이 들었다.

"오전에 뭐 했어?"

"영화 봤어."

난 도서관 옆에 DVD실이 있다고 민아에게 알려주었다. 민아는 다음에 자기랑 같이 가자고 했다.

"너 오후에도 방에서 쉴 거야?"

"응."

"너 그러다가 다음에 꼴찌 하면 어떡하려고?"

"몰라."

민아는 지난번 체중 검사 때 꼴찌에서 2등을 했다. 지난번 꼴찌는 초등학교 3학년 남자애가 했다. 그 남자애는 부끄럽지 않은지 구호를 외치고 내려와 실실댔다. 하지만 나 같으면 창피해 죽을 것 같다.

"야, 너 작작 좀 먹어."

허겁지겁 밥을 먹는 민아에게 나도 모르게 그 말이 튀어나왔다. 민아가 놀란 표정으로 나를 쳐다보았다.

"아니, 너 다음에 꼴찌 할까 봐 걱정돼서."

"설마, 이번에도 현민이가 할 거야."

현민이는 지난번 꼴찌를 한 남자애다. 민아는 내 말에 신경 쓰지 않고 다시 밥을 먹기 시작했다. 민아를 보면 조금 한심하다는 생각이 든다. 민아는 운동도 게을리하고, 먹는 양을 줄이려고도 하지 않는다. 민아는 마이너스 팀 여자 중에서도 몸무게가 가장 많이 나갔다. 지난번에 슬쩍 물어보니, 몸무게가 80kg이 넘게 나갔다. 앞자리가 8이라는 건 정말 치욕적인 일이다.

점심을 먹은 후, 휴게실에서 텔레비전을 보고 있는데 새미 언니가 들어왔다. 새미 언니는 텔레비전을 보면서 훌라후프를 했다. 새미 언니가 운동을 하니, 텔레비전에 집중을 할 수가 없었다. 아무것도 하지 않고 있는 나 혼자만 살이 찔 것 같았다.

드라마 재방송이 끝나자, 새미 언니가 훌라후프 하는 것을 멈췄다. 방에 들어가는 건가 싶어 쳐다보니, 언니는 3층으로 올라가고 있었다. 설마 체력단련실에 가는 건가? 나도 텔레비전을 끄고 3층으로 따라 올라갔다.

체력단련실에는 마이너스 팀 아이들이 꽤 여러 명 있었는데, 그중에는 현재도 있었다. 다들 민아처럼 방에서 쉴 거라는 생각은 착각이었나 보다. 아이들은 열심히 운동을 하고 있었다. 눈치를 보다가 나도 러닝머신 위에 올라갔다. 가볍게 걷기라도 해야 할 것 같다.

30분쯤 걷고 나니 땀이 났다. 이제 그만 걸을까 싶어서 러닝머신을 멈추었는데 옆에서 걷고 있던 새미 언니가 말을 걸었다.

"30분만 하면 아무 소용도 없어. 지방은 30분 이후부터 분해된다고."

"아, 네."

다시 러닝머신 시작 버튼을 눌렀다. 지방 덩어리들을 태우기 위해서는 조금 더 해야 한다. 딱 15분만 더 걸어야겠다.

러닝머신을 끝내고 단련실 간이의자에 앉았다. 원래 45분만 하려고 했는데, 더 욕심이 나서 한 시간을 채웠다. 힘은 들었지만 몸무게가 줄었을 거라고 생각하니 기분이 좋았다.

"다음 주부터는 더 힘들어질 거야."

운동을 끝낸 새미 언니가 내 옆자리에 앉으며 말했다.

"이번 주는 첫 주라서 설렁설렁한 거라고."

"설렁설렁요?"

충격이다. 태릉선수촌 뺨치게 힘든 강도로 운동하고 있다고 생각했는데, 새미 언니 말에 따르면 우리가 한 것은 워밍업에 불과했다. 더 믿기 힘든 건, 음식 양도 조금씩 줄어들 것이라는 사실이다. 지금 나오는 음식 양도 적은데 그보다 더 적어지다니, 이 사실을 민아가 알게 되면 입에 거품을 물고 쓰러질지도 모르겠다.

"두고 봐. 다음 주부터 징징대는 애들이 더 늘어날걸? 그래도 넌 그럴 것 같진 않다."

언니가 마시던 물병을 내게 건넸다.

"입 안 대고 마셨으니까 마셔."

물을 마시고 나니 조금 살 것 같았다.

"땀을 흘린다고 살이 빠지는 게 아니야. 어떤 애들은 바보같이 물 마시면 살이 찔 거라고 생각하는데, 수분 섭취는 운동에 매우 중요해."

새미 언니는 트레이너 선생님 못지않게 다이어트에 대해 많이 알고 있었다. 언니는 살을 빼기 위해 중요한 건 운동보다 식이요법이라고 알려주었다. 식이요법이 80%라면, 운동은 20%를 차지한다. 그렇다고 해서 식이요법만으로 살을 뺄 수는 없다. 지방을 없애는 것만큼 중요한 게 몸의 근육을 만드는 일이기 때문이다. 운동으로 근육을 만들어놓지 않으면, 밖에 나가 먹는 음식이 다 살로 가게 된다. 언니는 근육이 많은 사람은 지방이 많은 사람에 비해 더 많이 먹어도 살은 덜 찐다고 알려주었다.

"언니, 정말 대단해요. 다이어트의 여왕 같아요."

"뭐 이 정도쯤이야. 근데 넌 몸무게 몇 킬로그램이나 줄였어?"

"3kg이요!"

난 신이 나서 대답했다. 일주일에 3kg이 줄었다는 건, 6주 동안 18kg이 줄어들 수 있다는 뜻이기도 하다. 하지만 새미 언니는 충격적인 이야기를 했다.

"다음 주에는 몸무게 감량이 더딜 거야."

"왜요?"

"원래 다이어트는 처음 시작할 때 반짝하고 효과가 있고, 2주째부터는 쉽지 않아. 첫 주에 빠진 건 체지방이 아니라 수분이야."

"그래도 지금처럼 매일 음식으로 600kcal 줄이고, 운동으로 400kcal 줄이면 하루에 1kg씩 빠지는 게 맞잖아요?"

"애도 참, 무식한 소리 한다."

새미 언니가 나를 비웃었다.

"몸무게 1kg이 줄기 위해서는 7700kcal를 소모해야 하는 거야."

"1000kcal가 1kg이 아니라요?"

"그래. 체지방 1kg를 빼려면 7700kcal가 줄어들어야 해."

이제까지 아주 잘못 알고 있었다. 난 당연히 1000kcal를 소모하면 1kg이 줄어드는지 알았다. 하지만 1kg을 감량하기 위해 7700kcal를 줄여야 한다니, 도대체 얼마나 적게 먹고 얼마나 더 운동을 해야 하는 건지 가늠이 되지 않았다.

"근데 언니는 여기 또 안 들어왔어도 될 것 같은데."

내 말에 새미 언니가 피식하고 웃었다.

"너, 내가 날씬해 보이지? 하지만 바깥에 나가면 나는 여전히 통통한 사람일 뿐이야."

"그래도 전 언니만큼만 되면 소원이 없을 것 같아요."

"너도 나처럼 될 수 있어. 여기 프로그램만 잘 따른다면 말이야."

"정말요?"

"응."

그 말을 듣고 나니 기분이 좋았다. 이제부터 새미 언니를 나의 롤모델로 삼아야겠다. 원래 마주리 원장님처럼 되는 게 나의 목표지만 그건 최종 목표이고, 당장은 새미 언니처럼만 돼도 좋겠다. 언니는 살을 빼면 사람들이 나를 대하는 태도가 달라질 거라고 했다. 뚱뚱한 사람들은 단지 다른 사람들보다 먹는 걸 더 좋아한 것뿐인데, 사람들은 뚱뚱하면 게으르고 둔할 것이라고 생각한다. 체육 시간에 피구를 하는데, 아이들은 나와 같은 편이 되는 걸 꺼려 했다. 하지만 나는 피구의 여왕이라고 불릴 정도로 공을 요리조리 잘 피했고, 그 이후로 피구를 할 때마다 아이들은 나와 같은 편이 되고 싶어 했다.

"언니는 얼마나 더 살을 뺄 생각이에요?"

"난 48kg이 될 거야. 아주 날씬해져서 날 우습게 여기는 사람들의 콧대를 꺾어줄 거라고."

언니는 아주 단호한 목소리로 말했다. 48kg이라니, 초등학교 3학년 때 나의 몸무게다.

"전 죽기 전에 48kg이 한 번이라도 될 수 있을지 모르겠어요."

"너, 그런 태도 버려야 해. 될 수 없다고 생각하면 절대 될 수 없다고."

난 알겠다고 대답했다.

"근데 쟤 무지 열심이다."

언니가 러닝머신 위에서 달리고 있는 현재를 가리키며 말했다. 현재는 내가 오기 전에도 있었고, 나와 새미 언니가 운동을 끝내고 내려온 후에도 아직 달리고 있다. 그것도 매우 빠른 속도로 말이다.

"처음부터 저렇게 무리하면 안 될 텐데."

언니가 걱정스럽다는 듯 말했다. 마이너스 팀에서 가장 열심히 운동하는 사람이 바로 새미 언니와 현재다. 하지만 새미 언니도 현재만큼은 독하게 운동하지 않는다. 현재는 눈에 독기를 품고 운동을 했다. 도대체 얼마나 많이 놀림을 당했기에 저러는 건지 이해가 가면서도, 한편으로 무섭다는 생각이 든다.

운동을 끝낸 후, 2층으로 내려와 관리실 아줌마한테 연락을 했다. 기숙사와 체력단련실과 식당이 2, 3, 4층에 있고, 선생님들의 사무실은 1층에 있다. 2, 3, 4층은 마음대로 다닐 수 있지만, 1층으로 내려가는 문은 밖에서 잠겨 있어 선생님의 허락이 있어야만 열 수 있다.

"저 234호 주홍희인데요, 집에 전화 좀 하고 싶어서요."

잠시 후, 관리실 아줌마가 2층으로 올라와 열쇠로 문을 열어주었다. 아줌마는 책상 위에 엎드려 낮잠을 자다 일어났는지, 왼편 얼굴에 눌린 자국이 그대로였다.

"오늘 잘 쉬었어?"

"네."

관리실 아줌마는 사십대 후반 정도로, 트레이너 선생님들과 달리 날씬하지 않다. 주변에서 흔히 볼 수 있는 아줌마다. 화장도 제대로 하지 않고, 우리와 함께 다이어트를 해야 할 정도로 뚱뚱한 편이다. 소문에는 마주리 원장님의 동생이라는 이야기가 있긴 하지만, 둘이 전혀 닮지 않았다. 무엇보다 아줌마가 마주리 원장님의 언니라면 모를까 동생 같지 않았다.

사무실에 내려와 전화 체크를 했다. 전화는 3일에 한 번씩만 할 수 있다. 여기 들어오면서 핸드폰을 반납했다. 처음에는 핸드폰이 없으니까 무척 허전했다. 친구들과 연락도 할 수 없고, 아무 때나 인터넷도 할 수 없으니 답답했다. 하지만 바깥과 단절되어 있다고 생각하니, 내가 진짜 살을 빼러 특별한 곳에 온 기분이 들었다. 며칠 지나니까 핸드폰 없는 생활에 익숙해졌다.

수화음이 두 번 정도 간 다음, 엄마가 전화를 받았다.

"엄마, 나야."

"홍희구나! 그래, 밥은 먹었어? 몸은 괜찮아? 안 힘들어?"

엄마가 쉬지 않고 질문을 했다. 수화기 너머로 아빠와 홍주가 서로 나를 바꿔달라고 하는 소리가 들렸다.

"잘 지내고 있어. 그러니까 걱정 마."

"정말 잘 지내는 거지? 기분은 어때? 화난 적은 없어?"

"당연히 없지. 여기 오면 그럴 일 없을 거라고 했잖아."

내가 대답을 다 하기도 전에 아빠가 수화기를 빼앗았다.

"홍희야, 보고 싶어. 언제 와?"

"언제 오긴. 앞으로 5주 남았잖아. 나, 살도 조금 빠졌어."

"저녁은 먹었고?"

아빠와 엄마는 내가 살 빠진 것보다 밥을 먹었는지 여부를 더 궁금해했다. 3일 전에 전화했을 때도 이랬다. 난 밥도 잘 먹고 있다며 걱정하지 말라고 말했다.

"아빠랑 엄마도 다이어트 좀 해. 살 빠지니까 너무 좋아."

"알았어. 하여튼 밥 잘 챙겨 먹고, 너무 무리하지 말고. 알았지?"

"응. 그럼 다음에 또 전화할게."

전화를 끊었다. 관리실 아줌마는 전화 통화를 더 해도 되는데 왜 짧게 했느냐고 물었다. 난 할 말 다 해서 괜찮다고 했다. 집 떠난 지 일주일이 되었지만, 아직은 집도 가족도 별로 그립지 않다. 초등학교 3학년 때 처음 1박 2일로 캠프를 갔다. 그때는 가족이 보고 싶어 혼자 밤에 울고 그랬다. 내가 나이가 들긴 들었나 보다. 밤에 가끔 집 생각이 나긴 하지만, 이제는 눈물 같은 건 나지 않는다.

관리실 아줌마가 2층으로 나를 데려다주었다.

"너도 부모님 졸라서 온 거야?"

"네."

"그렇게 살이 빼고 싶었어?"

"당연하죠. 전 예뻐지고 싶어요."

아줌마는 너무 당연한 질문을 했다.

"살 안 빼면 예뻐질 수 없어? 넌 지금도 충분히 예쁜데?"

"아줌마!"

아줌마에게 빽 하고 소리를 질렀다. 아줌마는 할머니들처럼 말을 했다. 나를 보고 예쁘다고 하는 사람은 옛날 옛날 보릿고개를 겪고, 기아에 허덕이는 시절을 보냈던 할머니들밖에 없다. 할머니들은 나를 보고 복스럽다며 1등 며느릿감이라고 했지만, 이제 그 할머니들은 며느리를 볼 나이가 지났다. 설사 그 할머니들이 자신의 손주들 짝으로 나를 추천한다 하더라도, 손주들은 다 싫다고 할 것이다. 고로 실제로 나는 그 누구의 1등 며느릿감도 될 수 없는 것이다.

"그래. 그럼 열심히 해라."

관리실 아줌마와 2층 문 앞에서 헤어졌다. 얼른 남은 5주가 후딱 지나가버렸으면 좋겠다. 눈을 감고 딱 떴을 때, 5주가 지나 있으면 얼마나 좋을까? 물론 내가 원하는 몸매가 되어 있는 상태에서 말이다. 하지만 그런 일은 영화 속에서나 가능한 일이다. 내일부터는 힘든 하루가 또 시작될 것이다. 내일 운동을 할 생각을 하면 끔찍하기만 하다. 아예 내일이 오지 않았으면 좋겠다. 아니다. 내일이 오지 않으면 5주 뒤도 없다. 5주 뒤에 내가 할 인터뷰를 떠올렸다. 내 인터뷰 영상이 마주리 다이어트 학교 홈페이지에 올라가면 얼마나 좋을까? 그렇게 되면 전국의 많은 아이들이 나를 부러워하겠지? 어쩌면 마주리 원장님과 함께 방송 출연을 하게 될지도 모른다. 그때 뭐라고 말을 하지?

"식이요법과 운동을 병행했더니 20kg이 저절로 빠지더라고요."

내 답변이 조금 재수 없는 것 같다. 식이요법과 운동만으로 20kg을 뺐다고 하다니, 마치 서울대 수석 합격자가 "교과서로 예습, 복습만 철저히 했어요"라고 말하는 것 같다. 하지만 어떠랴? 나도 누군가에게 예뻐서 재수 없다는 소리를 듣고 싶다. 왼손을 허리에 얹고, 오른손을 들어 인사를 하며 미스코리아 흉내를 냈다.

"안녕하세요. 주홍희입니다."

그런데 2층 현관 앞 휴게실에서 킥킥거리는 소리가 들렸다. 누군가 봤더니 지용이다. 난 그 애를 못 본 척하고 재빨리 방 쪽을 향해 걸었다. 내가 여기서 한 말을 다 들었겠지? 반 아이들에게 몸무게가 공개되는 것만큼 창피했다.

방으로 걸어가고 있는데, 복도에서 지유를 만났다.

"언니, 무슨 일이야? 왜 그렇게 급하게 걸어가?"

난 아무 대답도 하지 않았다. 이 두 남매는 왜 그렇게 나를 곤란하게 만드는지 모르겠다. 아무래도 한동안 저 남매를 피해야 할 것 같다.

악마의 유혹

잠을 적게 잔 것도 아닌데 기운이 없다. 정신을 똑바로 차릴 수가 없다. 얼른 조회가 끝나고 아침이나 먹었으면 좋겠다. 그런데 오늘따라 마주리 원장님의 말이 너무 너무 길다.

"여러분이 이곳에 온 지 10일이 지났습니다. 4분의 1이 지난 거죠. 그런데 저는 너무 화가 납니다. 열심히 하는 학생도 있지만, 그렇지 못한 학생이 훨씬 많습니다. 여러분은 창피하지도 않습니까? 언제까지 그런 더러운 몸으로 살 건가요? 여러분은 돼지와 다를 게 없어요. 게으르고, 못생긴 돼지! 여러분이 지금 인간이라고 생각하세요? 그건 착각이에요. 여러분은 인간이 아니라, 돼지예요, 돼지!"

원장님의 목소리가 점점 커지기 시작했다. 원장님은 우리의 몸무게 감량률이 더디다며, 정신 차리라고 했다.

"여러분, 오늘 무슨 날인지 알죠? 자, 체중 체크를 할 테니 한 명씩 나오세요."

체중 체크란 말에 정신이 번쩍했다. 왼쪽 아이들부터 줄을 서서 한 명씩 나가기 시작했다.

"어떡하지? 이럴 줄 알았으면 어젯밤에 운동 좀 더 하고 잘걸."

나와 민아는 차례를 기다리며 서로의 손을 꼭 붙잡았다. 이 시간만 되면 긴장이 되어 숨도 제대로 못 쉬겠다. 원장님은 열심히 한 사람은 이 시간이 즐거울 거라고 했지만, 난 아직 그 단계까지 가지 못했다.

"홍홍아, 너 먼저 올라가."

민아가 내 등을 밀었다. 매도 먼저 맞는 게 낫다고, 난 조회대 계단 위로 올라갔다.

체중계에 발을 올리기 전, 숨을 크게 한 번 내쉬었다. 숨의 무게라도 줄이기 위해서다. 이런 나를 보고 박윤재 선생님이 소용없다고 말했다. 난 새로운 숨이 만들어지기 전에 얼른 숨을 꾹 참고 체중계에 올라갔다.

"74.8kg."

지난번 체중 체크 때와 비교해 1.2kg이 빠졌다. 한번에 3,4kg씩 쑥쑥 빠지면 좋을 텐데 체중계는 너무 인색하다. 유선민 선생님이 잘한 거라며 내 등을 두드려주었지만 조금도 기분이 좋지 않았다.

마이너스 팀의 체중 체크가 다 끝나고, 원장님이 다시 조회대에 섰다.

"이번에는 꼴찌가 바뀌었네요."

그 말에 현민이가 앗싸, 하고 외쳤다.

"자, 이번 꼴찌는."

원장님이 우리들 쪽을 죽 둘러보았다. 원장님과 눈이 마주쳤다. 설마, 나일까? 어제 저녁을 조금 많이 먹었던 것 같기도 하다. 원래는 한 숟갈을 남기려고 했지만, 배가 고파서 그럴 수 없었다. 첫 주차에는 몸무게가 신기할 만큼 쑥쑥 빠졌지만, 2주차에 들어서니 생각만큼 몸무게가 줄어들지 않았다. 제발 내가 아니길. 이 많은 아이들 앞에서 망신을 당하고 싶지 않다.

"한민아 학생, 몸무게 감량률이 0.8kg, 체중 대비 1%에 불과했어요. 앞으로 나오세요."

고개를 돌려 옆을 쳐다보니, 민아의 얼굴이 심하게 일그러져 있었다.

"한민아 학생!"

원장님이 큰 소리로 다시 한 번 민아의 이름을 불렀다. 민아는 고개를 푹 숙인 채 느릿느릿 앞으로 걸어나갔다.

"스스로의 행동에 책임을 져야 합니다. 여러분은 변하기 위해 여기에 온 것입니다. 하지만 노력하지 않으면, 최선을 다하지 않으면 아무 변화도 생기지 않습니다. 한민아 학생, 당신은 누구입니까?"

"저는……."

"한민아 학생, 학생은 누구죠?"

민아가 눈을 꼭 감는 게 보였다.

"저는 돼지입니다. 하지만 사람이 되고 싶습니다. 저는 돼지입니다. 하지만 사람이 되고 싶습니다. 저는 돼지입니다. 하지만 사람이 되고 싶습니다."

민아가 구호를 세 번 외쳤다.

"좋아요. 한민아 학생, 조금 더 분발하세요. 뿌린 대로 거두는 법입니다."

민아가 자리로 돌아왔다. 내가 괜찮으냐고 물었지만, 민아는 고개를 들지 않은 채 아무 대답도 하지 않았다.

식사 시간에도, 운동 시간에도, 휴식 시간에도 민아는 말이 없었다. 어제까지만 하더라도 민아는 운동을 할 때, 아령을 드는 횟수만큼 힘들다고 말했다. 하지만 오늘은 말없이 묵묵히 운동만 했다.

오후 운동이 끝나고, 나는 민아와 함께 샤워실로 갔다. 처음에는 2층 방까지 가서 샤워를 했지만, 2주차부터 운동실 옆에 붙어 있는 샤워실을 이용하기 시작했다. 다른 사람들에게 내 몸을 보여주고 싶지 않아 초등학교 5학년 때부터 목욕탕에 가지 않았다. 하지만 여기에서는 나와 비슷한 아이들이 대부분이라 부끄럽지 않다.

샤워를 마치고 탈의실에서 옷을 갈아입고 있는데, 새미 언니가 샤워를 마치고 나왔다.

"한민아, 기운 내. 진짜 창피한 건 연속해서 구호를 외치는 거야. 한 번쯤은 괜찮다고."

새미 언니가 민아를 위로해주었다. 언니도 지난번에 들어왔을 때, 구호를 외친 적이 있다고 했다.

"언니, 너무 부러워요. 저도 언니처럼 살 빼서 날씬해지고 싶어요."

하루 종일 입을 꾹 다물고 있던 민아가 새미 언니에게 말을 했다. 내가 옆에서 말을 걸었을 때는 꿈쩍도 하지 않더니만, 새미 언니의 위로가 힘이 되긴 했나 보다.

"오늘을 잘 기억해. 홍희 너도. 시간이 지날수록 구호를 외치는 아이들이 정해져버려. 외친 애들이 또 외치고, 외친다고. 그 애들은 결국 살을 못 빼고 나가."

"하지만 대부분의 아이들이 목표 체중을 달성해서 나간다고 했잖아요?"

학교 홈페이지와 홍보 카탈로그에는 95% 이상의 학생들이 효과를 봤다고 나와 있었다.

"그건 광고지. 어떻게 100% 다 성공할 수 있겠어? 작년에 나 들어왔을 때, 마이너스 팀이 30명이었거든. 그중에서 8명은 살 많이 못 빼고 나갔어. 5kg 감량이나 했을까?"

30명 중 8명이 성공을 하지 못했다면, 절대 성공률이 95%가 될 수 없다. 따져보면 70%가 조금 넘는 수치다.

"그럼 그 아이들은 수업료 돌려받았어요?"

민아의 질문에 새미 언니가 고개를 설레설레 저었다.

"행여 너희들 살 못 빼면 돈 돌려받을 수 있을 거라 생각하는 거야? 야, 착각하지 마. 살을 못 뺀 아이들은 규칙을 지키지 않은 아이들이라 돈도 못 돌려받아. 생각을 해봐라. 여기 규칙을 잘 따르면 살이 안 빠지려야 안 빠질 수 있겠니? 살을 못 뺀 아이들은 100% 규칙을 어겼을 거라고."

환불 원칙 중에 학교 규정을 지킨 아이들에 한해 환불할 수 있다는 항목을 본 기억이 났다. 벌점이 단 1점이라도 있으면, 학교 규칙을 지키지 않은 것이 되어버린다. 결국 살을 못 빼면 돈도 못 돌려받는 셈이다.

"여기까지 들어와서 살 못 뺀 아이들은 평생 살 못 뺄걸? 바깥에 나가면 유혹하는 것들이 얼마나 많은데 살을 뺄 수 있겠어? 너희들도 정신 바짝 차려서 어떻게든 살 뺄 생각해."

나와 민아는 알겠다고 고개를 끄덕였다. 만약 4주 뒤 여기를 나갈 때, 들어올 때와 그대로인 모습을 상상해보니 끔찍했다. 살은 살대로 못 빼, 돈은 돈대로 날려, 시간은 시간대로 버리는 것이다. 이곳에 오면서 가족들에게 살을 빼서 돌아오겠다고 큰소리 빵빵 쳤는데, 지금 모습 그대로 나갈 수는 없다. 민아도 나와 같은 생각인지 꽤 심각한 표정을 짓고 있었다.

"그럼 난 먼저 나갈게. 이따 보자."

옷을 다 입은 새미 언니가 먼저 탈의실에서 나갔다.

"홍홍아, 새미 언니 정말 멋지지 않냐? 나도 정말 새미 언니처럼 되고 싶어."

민아는 어느새 새미 언니의 팬이 되어버렸다. 물론 나와 민아뿐만 아니라, 마이너스 팀 내부분의 아이들은 새미 언니를 부러워한다. 언니는 자기관리도 철저하고, 말도 참 잘한다. 새미 언니는 나중에 마주리 원장님처럼 될 수 있을 것이다.

"밍밍아, 너 저녁 시간까지 어디 있을 거야?"

오늘 영어 회화는 휴강이다. 저녁 식사 시간까지 두 시간이나 남았다.

"나 훌라후프라도 해야겠어. 홍홍, 너도 같이 할래?"

"아니."

민아는 훌라후프를 들고 다시 체력단련실로 갔다. 난 방에서 쉬는 대신 도서관으로 올라갔다. 요즘 밤마다 잠이 잘 오지 않는다. 밤이 되면 허기가 지고 음식이 생각나서, 한참 침대 위에서 뒹군

악마의 유혹 81

후에야 잠이 든다. 아무래도 오늘 밤부터 책을 읽어야겠다. 책을 읽으면 잠이 솔솔 오기 때문이다.

어떤 책을 고를까 보고 있는데, 누군가 내 어깨를 쳤다. 돌아보니 지용이었다.

"뭐 해?"

"뭐 하긴, 책 찾지. 근데 지유는 어딨어?"

"걘 점심 먹은 게 소화가 안 된다고 운동 좀 하겠대."

"그러면 살 안 찌는 거 아냐?"

"아냐. 우리도 운동해."

지용은 플러스 팀도 마이너스 팀만큼은 아니지만 하루에 운동을 한 시간 가까이 한다고 했다. 음식만으로는 건강하게 살을 찌울 수 없고, 자칫하면 겉은 살이 안 찌고 내장비만이 될 수 있어, 건강한 몸을 만드는 데 운동은 필수란다.

"이거 읽어봤어?"

지용이 내게 책을 한 권 내밀었다. 『뚱보, 내 인생』이라는 제목의 책이었다.

"너, 지금 나 놀리는 거냐?"

"무슨 소리야? 이 책 재밌어서 추천하는 거라고."

지용의 표정을 살폈다. 날 놀리는 것 같지 않았다.

"진짜 재밌어?"

지용이 고개를 끄덕였다.

"재미없으면 너 죽는다."

"걱정 말고 다 읽기나 하셔."

대출기계에 가서 책의 바코드를 찍었다. 지용도 책 다섯 권을 가져와 바코드를 찍었다.

"하루에 한 권만 빌리지 한꺼번에 뭘 이렇게 많이 빌리냐?"

"이거 내일까지 다 읽을 수 있어."

"정말?"

"응."

지용이와 지유는 외모만 닮은 것뿐만 아니라, 행동까지 아주 비슷하다. 얘도 학교에서 별명이 골룸 박사일까?

"근데 너 왜 살 빼려고 하냐?"

도서관에서 나오는데 지용이 물었다.

"왜긴. 예뻐지고 싶으니까."

"살 빼면 예뻐져?"

이 자식이 나를 놀리는 건가?

"왜? 난 살 빼도 안 예뻐질 것 같아?"

"그건 나도 모르지."

지용이 어깨를 으쓱하며 대답했다.

"모든 사람들이 날씬한 여자를 예쁘다고 생각하는 건 아니야.

나 같은 경우는 오히려 살찐 여자가 더 예쁜 것 같아."

"그건 너니까 그렇지. 나도 날씬한 남자를 좋아해. 원래 사람은 반대 타입한테 끌리게 되어 있다고."

내 말투에 나도 깜짝 놀랐다. 지유와 있다 보니, 나도 조금 유식하게 말하게 된 것 같다.

"하여튼 넌 살 좀 더 쪄야겠다. 너 체중 체크에서 꼴찌 하면 창피해서 어쩌려고 그래?"

"왜 창피한데?"

"아이들 앞에서 구호 외치면 좀 그렇잖아."

"무슨 구호?"

"너희는 구호 안 외쳐?"

"무슨 소리야?"

지용은 플러스 팀의 벌칙은 구호가 아닌, 3일간 식사량을 1.5배 늘리기라고 했다. 음식 많이 먹기가 어떻게 벌칙일 수가 있는지 도저히 이해가 가지 않았지만, 지용은 매우 고통스러운 벌칙이라고 했다.

"근데 너희는 벌칙이 구호 외치는 거야?"

"응."

"무슨 구호인데?"

이야기해주고 싶지 않지만, 지용이 자꾸 물어 우리의 벌칙을 이야기해주었다. 내 이야기를 들은 지용은 그게 뭐가 창피한지 모르겠다고 말했다. 플러스 팀 아이들에겐 "나는 해골입니다. 하지만 사람이 되고 싶습니다"라는 말은 별로 창피하지 않을 것이다. 뚱뚱한 건 창피한 일이지만, 날씬한 건 전혀 창피할 게 없기 때문이다.

저녁 식사 시간을 알리는 종소리가 울렸고, 지용은 "으악, 또 저녁 먹어야 하네"라고 말했다.

"너, 완전 재수 없다."

난 그 말을 남기고 서둘러 식당으로 갔다.

민아익 독기는 그리 오래가시 못했다. 네 번째 체중 체크에서 꼴찌를 하지 않은 민아는 금세 지난번 꼴찌를 했다는 사실을 잊었다.

"무언가 허전해."

나는 훌라후프 하던 것을 멈추고 휴게실 의자에 기댄 채 말했다. 점심을 먹은 지 몇 분이 채 되지 않았지만, 계속 허전하다. 어딘가 비어 있는 느낌이다. 민아도 나를 따라 훌라후프 하는 것을 멈추었다. 새미 언니 혼자 계속 훌라후프를 하고 있다.

"살이 빠져서 그런가?"

"아닐걸."

민아가 고개를 저으며 대답했다.

"홍홍, 너 허전하지?"

"응."

"배는 부르지만, 뭔가 계속 부족한 기분도 들고?"

"응."

민아는 마치 점쟁이처럼 내 증상을 딱딱 맞췄다.

"난 왜 그런지 알지."

"뭔데? 왜 그런데?"

"무미가 문제야."

"무미?"

"그래. 아무 맛도 없는 것. 여기 음식은 저염식이라 간이 덜 되어 있잖아."

결국 음식이 문제였나 보다.

"아, 허전해, 허전해!"

난 큰 소리로 외쳤다.

"해결책이 있긴 한데."

민아가 날 보고 미소를 지으며 말했다.

"뭔데?"

민아는 대답을 하는 대신 휴게실 문을 열어 바깥에 누가 없는지 살폈다. 그리고 내 옆에 바짝 붙어 앉은 다음 작은 목소리로 말했다.

"나 초콜릿 있는데, 좀 줄까?"

"뭐?"

내가 소리를 지르자, 민아가 조용히 하라며 내 입을 손으로 막았다.

"사실 내가 큰 초콜릿 바를 하나 가져왔거든. 정말 비상시에 먹으려고. 전체 스물네 조각인데, 어제 한 조각 먹었다."

민아는 초콜릿을 먹고 났더니, 기운이 조금 난다고 말했다.

"너도 한 조각 줄까? 언니도 먹을래요?"

민아가 나와 새미 언니에게 물었다. 한 조각이라고 해봤자, 손톱보다 조금 더 큰 크기다. 칼로리도 얼마 안 될 것이다. 민아 말대로 초콜릿을 먹고 나면 조금 나아질까?

"난 별로."

새미 언니가 먼저 딱 잘라 말했다.

"그거 다 살로 간다고."

"아주 조금 먹는걸요, 뭘."

새미 언니는 훌라후프를 다 했는지, 훌라후프를 벽에 세워두고는 휴게실 밖으로 나갔다.

"홍홍아, 너 좀 줄까?"

"생각 좀 해보고."

"언제든지 생각나면 말해. 너라면 내가 기꺼이 나눠줄 수 있어."

초콜릿을 생각하자 입에 침이 고였다. 난 민아에게 초콜릿 제품 이름이 뭐냐고 물었다.

악마의 유혹 87

"허쉬 자이언트 바."

"아, 맛있겠다."

"난 초콜릿케이크 먹고 싶어."

"난 탕수육."

"난 족발도."

"난 피자."

우리는 질세라 서로 음식 종류를 하나씩 댔다. 이젠 더 이상 민아가 음식을 말해도 꿀밤을 때리지 않는다. 나도 못지않게 음식 이름을 말하기 때문이다. 처음에는 음식 이야기를 하면 그 음식이 더 먹고 싶었다. 하지만 이젠 아니다. 차라리 이렇게 말이라도 하고 나면, 왠지 조금은 그 음식을 먹은 기분이 들어 마음이 편해진다. 이럴 줄 알았으면 음식 사진이라도 가져올 걸 그랬나 보다. 자린고비가 왜 굴비를 걸어놓고 밥을 먹었는지 백 번 천 번 이해할 수 있다.

"오늘 밤에 초콜릿 먹을래?"

"글쎄."

고민이 되었다. 달콤한 초콜릿을 먹고 나면 이제까지 살을 뺀 게 물거품이 될 것 같았다. 하지만 초콜릿 한 조각이 이곳에서의 생활을 윤택하게 만들어줄 수 있을 것 같다.

"어떡하지? 오늘 먹을까?"

휴게실 쪽으로 누군가 걸어오는 소리가 들렸다. 우리는 대화하던 것을 멈추었다.

"언니들, 뭘 그렇게 놀라?"

휴게실로 들어온 건 지유였다. 지유 뒤를 따라 지용이도 들어왔다.

"니들 남매는 운동복이라도 다른 것 입어라. 누가 누군지 모르겠어."

민아가 지유의 운동복을 가리키며 말했다. 지용과 지유가 파란색의 똑같은 운동복을 입고 있으니 누가 누군지 헷갈렸다.

"얘네 꼭 스머프 같지 않아?"

파란색 운동복 때문에 남매는 스머프 같아 보였다. 난 두 명 다 똑똑이 스머프 같다고 말했고, 시용 남매도 내 말을 인정하는지 반박하지 않았다.

"언니들은 꼭 무민 같아."

지유가 나와 민아를 쳐다보며 말했다.

"무민이 뭔데?"

"몰라도 돼."

무민이 도대체 뭐냐고 물었지만 지유는 대답하지 않았다. 하지만 지용은 알고 있는지, 키득거리며 웃기 시작했다.

"야, 골박. 무민이 뭐야? 돼지야? 고릴라야?"

"몰라."

"골박, 너 혼난다."

악마의 유혹 89

난 지유를 번쩍 안아 뱅뱅 돌렸다. 지유가 내려달라고 소리쳤지만, 난 대답하지 않으면 계속 돌리겠다고 말했다.

"몰라, 말 안 할 거야. 죽어도 말 안 해."

옆에서 지용이 그만하라며, 무민이 귀여운 것이라고 했지만 믿을 수가 없었다. 나는 지유를 안고 더 빨리 뱅글뱅글 돌았다.

저녁 요가가 끝난 후, 1층 상담실로 갔다. 미리 상담 요청을 해 놨기에 유선민 선생님이 기다리고 있었다.

"홍희야, 여기 앉아."

선생님 앞에 놓인 의자에 앉았다.

"저기, 선생님."

"왜? 무슨 일 있어?"

"살이 잘 안 빠져요."

지난 첫 일주일은 신기할 정도로 하루에 500g씩 빠졌다. 몸무게가 줄어드는 게 좋아, 틈만 나면 휴게실에 있는 체중계에 올라가 몸무게를 쟀다. 하지만 2주차에 들어서부터 몸무게가 잘 빠지지 않는다. 어제와 오늘은 몸무게가 그대로다. 이제는 체중계에 오르면 김만 샌다. 처음보다 운동도 더 열심히 하고, 먹는 것도 적게 먹었는데 이상하다. 선생님은 잠시만 기다리라며, 컴퓨터로 무언가를 찾더니 프린트했다.

"자, 이것 봐봐."

선생님이 프린트된 종이를 내게 내밀었다.

"이게 오늘 아침 인바디로 체크한 거야."

처음 들어왔을 때와 비교해 몸무게가 4.5kg이 줄어 74.5kg이었다. 하지만 지난주 금요일에 76kg이었다. 일주일 동안 몸무게가 딱 1.5kg 빠졌을 뿐이다. 난 앞으로도 일주일에 1.5kg밖에 안 줄어들면 어떻게 하냐고 하소연했다. 앞으로 4주가 남았으니, 이대로라면 68kg밖에 되지 않을 것이다. 물론 11kg도 절대 적게 뺀 것이 아니지만, 난 꼭 59kg이 되고 싶다. 새미 언니처럼 50kg대가 되면 수원이 없을 것 같다.

"홍희야, 봐봐. 일주일 동안 몸무게는 1.5kg이 줄었지만, 체지방은 3kg이나 줄었어. 근육은 1.5kg이나 늘었고. 이건 아주 좋은 징조야."

"그래도 진짜 몸무게는 1.5kg 빠진 거잖아요."

열심히 운동하고 적게 먹었음에도 불구하고 일주일에 1.5kg밖에 빠지지 않았다니 억울하다. 이 정도는 집에서도 할 수 있다. 하루 굶으면 1kg은 문제도 아니다.

"진짜 몸무게는 이게 아니라, 이거야."

선생님은 총 몸무게가 아닌 체지방을 가리켰다.

"A라는 사람과 B라는 사람이 있어. 두 사람은 키와 몸무게가 같지만, B가 훨씬 날씬해 보여. 왜 그런지 알아? B는 A에 비해 체지방이 적고, 근육량이 더 많거든. 단순히 몸무게가 줄어드는 건 아무 소용 없어. 체지방을 줄여야지 진짜 다이어트라고 할 수 있는 거야. 굶어서 3kg, 5kg을 빼는 건 쉬워. 하지만 그렇게 뺀 후 음식을 먹게 되면 그대로 다시 몸무게가 늘어나."

작년 겨울에 일주일가량을 하루 한 끼만 먹었다. 그랬더니 5kg이 줄었다. 하지만 다시 음식을 먹으니 7kg이 불었다. 결국 2kg이 더 쪄버렸다. 선생님은 요요현상을 막기 위해서는 건강한 몸을 만드는 게 더 중요하다며, 그래야 진짜 다이어트를 한 거라고 했다.

"선생님, 그럼 저 4주 동안 59kg까지 뺄 수 있을까요?"

"꼭 59kg이 되어야 해? 사실 홍희 넌 65kg까지만 빼도 충분해. 단기간에 살을 빼는 건 건강에 좋지 않아. 물론 학교가 그걸 원하긴 하지만."

"싫어요. 전 꼭 59kg이 되고 싶어요."

"네가 열심히 한다면 가능하지."

선생님의 말에 한숨이 나왔다. 열심히 한다면, 최선을 다한다면, 이라는 명제가 붙는 건 정말 싫다. 그냥 저절로 빠질 수는 없을까? 하지만 세상에 공짜는 없다.

선생님에게 인사를 하고 상담실에서 나왔다. 관리실 아줌마가 2층 문을 열어주기 위해 기다리고 있었다. 선생님은 조급하게 생각하지 말고, 건강한 몸을 만드는 것에 중점을 두라고 말했다.

계단 앞에서 마주리 원장님을 만났다. 난 얼른 고개를 숙여 인사를 했다.

"안녕하세요."

원장님이 내 몸을 이리저리 훑어봤다.

"아휴, 참. 운동 열심히 하고 있는 거야?"

"네."

"먹는 건? 적게 먹고?"

원장님이 인상을 찌푸리며 물었다.

"네."

"근데 왜 이래? 너 방에 들어가서 5분간 거울 봐. 넌 여자가 창피한 줄도 모르니? 평생 그렇게 살 거야? 그 배하며, 허벅지하며. 어휴, 쯧쯧."

난 고개를 숙여 내 몸을 살펴봤다. 살이 조금 빠졌는데, 원장님은 왜 그걸 몰라주시는 걸까? 원장님의 말을 듣고 나니 기분이 별로다. 아니다, 주홍희. 원장님은 모두 다 나를 위해 이런 말씀을 해 주시는 거다. 내가 자극받아 살을 뺄 수 있게 말이다. 난 나쁜 기분을 털어버리려고 고개를 저었다.

"마 실장, 조금 있다가 원장실로 와."

원장님이 관리실 아줌마에게 그 말을 하고는 원장실로 들어갔다.

악마의 유혹 93

2층으로 올라와 방으로 가고 있는데, 민아의 방에서 선생님들이 나오는 게 보였다. 무슨 일인가 싶어 방 쪽으로 서둘러 갔다.

"한민아, 이게 뭐지?"

부원장님 손에 커다란 초콜릿이 들려 있었다. 아까 낮에 민아가 말한 초콜릿이었다.

"저기, 그게."

"너, 이거 몰래 숨겨두고 먹었지?"

"그게……."

민아가 대답을 제대로 하지 못하고 주저하고 있는데, 아이들이 민아 방 주변으로 몰려들었다.

"한민아 학생, 따라와요!"

부원장님이 민아의 팔을 낚아채더니, 민아를 데리고 1층으로 내려갔다.

"뭐야? 어떻게 된 거야?"

복도에 서 있던 아이들이 웅성거렸다. 민아의 방 쪽을 들여다보니, 민아의 가방을 뒤진 흔적이 그대로 있었다.

방으로 돌아왔지만 잠이 오지 않았다. 민아는 어떻게 될까? 혹시 쫓겨나는 게 아닐까 걱정이 되었다. 몇 번 민아 방에 가보았지만, 민아는 돌아오지 않았다.

"민아, 괜찮겠지?"

"걱정 마. 설마 퇴소당하겠어? 벌점 쌓이고 말겠지."

지유는 규정집에 적힌 내용에 따르면, 벌점 최대 10점일 거라며 괜찮을 거라고 했다.

"벌점 받아도 괜찮아?"

"그럼. 나도 15점이나 있어."

"15점? 왜?"

"오이 반찬 계속 남겼거든. 음식 남기면 5점씩인데, 오이가 세 번이나 나온 거야."

지유는 규정대로 10점이 넘어 원장님과 면담도 했다고 말했다. 면담도 사실 별거 아니라며, 조회 시간에 늘는 걸 단독으로 30분 정도 듣는 거라 했다.

"왜 오이를 못 먹어? 오이 알레르기 있어?"

"아니. 『오이대왕』이라는 동화를 읽은 적이 있는데, 그거 읽고 난 후부터 자꾸 오이대왕이 생각나서 못 먹겠어."

지유는 『오이대왕』이 도서관에 있다며, 재미있으니까 꼭 빌려 보라고 했다.

"그럼 너, 계속 오이 안 먹을 거야?"

지유는 당연하다는 듯 고개를 끄덕였다. 나라면 벌점을 받지 않기 위해 그냥 오이를 먹을 텐데, 지유도 참 고집이 세다.

"너 20점 넘으면 독방행이잖아. 괜찮겠어?"

"언니, 설마 나처럼 어린애를 독방에 넣겠어? 봐주겠지."

지유가 태연하게 말했다. 지유는 이미 세상의 이치를 다 알고 있는 듯하다. 내가 초등학교 5학년이었을 때, 방학 숙제를 해오지 않으면 운동장 풀 뽑기를 한 달 내내 시킨다는 선생님 말에 하루도 빠짐없이 일기를 쓰고, 그림을 그리고, 만들기를 해갔다. 하지만 선생님이 우리를 겁준 거였다. 방학 숙제를 해오지 않은 아이들은 딱 하루 운동장 풀 뽑기를 했을 뿐이다. 하루만 하는 줄 알았다면 나도 방학 숙제를 하지 않았을 텐데. 너무 억울했지만 이미 난 방학 숙제를 모두 한 후였다.

막 잠이 들려고 하는데, 방문을 두드리는 소리가 들렸다. 문을 열고 나갔더니, 문 앞에는 민아가 서 있었다.

"홍홍아."

민아는 울었는지 눈이 퉁퉁 부어 있었다. 난 민아를 데리고 방 안으로 들어왔다. 지유도 잠에서 깨어나 침대에 앉았다.

"지금까지 혼난 거야?"

"응. 막 부원장님이 집에 전화한다 그러고, 쫓아낼 거라고 그랬어."

민아가 훌쩍거리며 말했다.

"그래서?"

"다신 안 그런다고 싹싹 빌었지."

"그럼 어떻게 되는 거야?"

"벌점 10점 받았어. 그리고 내일 모레 원장님이랑 상담하고."

지유는 그것 보라며, 자기 말이 맞지 않느냐고 끼어들었다. 내가 벌점 10점이면 너무 많은 것 아니냐고 했지만, 지유는 그렇지 않다고 했다.

"언니, 우리 팀에 어떤 남자애가 마주리 원장님한테 실수로 '아줌마'라고 부른 거야. 그래서 개도 벌점 10점 받았어."

"10점씩이나? 말도 안 돼. 내가 10점인데, 어떻게 개도 10점이야?"

민아가 잘못 안 거 아니냐고 물었지만, 지유는 확실하다고 했다.

"원장님이 버릇없다며 10점 줘버렸어. 벌점은 원장님이 주고 싶은 대로 막 주는 것 같아. 이쨌든 원장님이 개 볼 때마다 화내. 괜히 볼 한 번 더 꼬집고 지나가."

지유는 원장님이 아줌마라는 말을 극도로 싫어하는 것 같다고 했다.

"하긴, 나도 아줌마라는 말 들었는데 싫더라."

민아가 원장님을 이해할 수 있다며 고개를 끄덕였다.

"너도 아줌마라는 소리 들은 적 있어?"

"응. 내가 버스를 기다리고 있는데, 어떤 아저씨가 내 뒷모습만 보고 아줌마라고 부르는 거야. 기분이 너무 나빠서 아저씨가 물어본 방향을 알았으면서 모른다고 해버렸어."

민아는 아직도 그 남자를 생각하면 화가 난다고 했다. 열다섯 살

중학생이 아줌마라고 불리다니, 나 같아도 무척 속이 상하고 화났을 거다.

"또 한 번은 좀 달라붙는 티셔츠를 입고 지하철을 탄 적이 있는데, 대학생 오빠가 날 보고 임산부인 줄 알고 자리를 양보해주는 거야. 그땐 창피해 죽을 뻔했어."

"너 진짜 짜증났겠다."

"당연하지. 그때 내가 다이어트 하겠다고 백만 번 결심했어."

민아가 웃으면서 말했지만, 그 웃음이 슬퍼 보였다.

"그건 그렇고 나 정말 억울해 죽겠어. 그 초콜릿 10분의 1, 아니 20분의 1도 못 먹었단 말이야."

민아는 벌점을 받은 것보다 초콜릿을 빼앗긴 걸 더 억울해했다. 만약 초콜릿을 많이 먹고 빼앗겼다면 이만큼 억울하지는 않았을 거라고 말했다.

"그래도 천만다행이다. 난 너 쫓겨날 줄 알고 얼마나 걱정했는데."

"몰라. 내 다시는 현재한테 말 거나 봐라."

"왜?"

민아는 아무래도 현재가 선생님한테 고자질을 한 것 같다고 했다. 어젯밤에 초콜릿을 먹는 걸 현재가 봤고, 그래서 민아가 "너도 먹을래?"라고 물었지만, 현재는 싫다 말하며 잤다고 한다.

"걔 몰래 먹었어야 했는데. 난 걔가 선생님한테 이를지 정말 몰랐어."

민아가 씩씩댔다. 나도 현재를 이해할 수가 없다. 어떻게 룸메이트를 선생님한테 일러바칠 수 있지? 게다가 민아는 늘 현재에게 친절했다. 현재가 아이들과 어울리지 못하고 겉돌 때, 민아는 자기 룸메이트라고 현재에게 같이 대화도 나누고 놀자고 했다. 물론 계속 거절을 당했지만 말이다.

"나 진짜 저 방에 가기 싫어. 개랑 같은 방 쓰고 싶지 않단 말이야."

민아가 울상을 한 채 말했다. 나 같아도 현재와 같은 방에서 잠을 자고 싶지 않을 것 같다.

"나 정말 그 계집에 용시 안 할 거야. 못된 배신자 같으니!"

민아가 두 주먹을 불끈 쥐고 말했다.

"우리 앞으로 개한테 인사도 하지 말고, 말도 먼저 걸지 말자."

"당연하지."

나도 힘차게 고개를 끄덕였다. 우리는 배신자의 최후가 얼마나 끔찍한지 보여주고 말 것이라며, 다짐하고 또 다짐했다.

주홍글씨

하루가 영원 같다.

이곳에 들어오기 전에는 하루라는 시간이 이토록 긴 줄 알지 못했다. 1시간, 1분, 1초를 오롯이 느낀다. 매 순간을 느낄 만큼 시간은 흐르지 않는다. 여기 들어온 지 이제 겨우 2주가 지났다. 날짜가 지나면 지날수록 가속도가 붙어 빨리 지나갈 줄 알았다. 하지만 오히려 시간이 느릿느릿 지나고 있다. 자전거 페달을 밟아야 하지만, 허기가 져서 발이 잘 움직이지 않는다. 배가 고프다. 고프다. 너무나 고프다.

세차게 고개를 저었다. 배가 고프다는 생각조차 이곳에서는 사치다. 생각을 하면 안 된다. 생각을 하면 괜히 배만 더 고파진다.

"주홍희, 가만히 앉아서 뭐 해? 러닝머신으로 옮겨 타."

아이들의 운동을 봐주고 있던 박윤재 선생님이 날 봤는지 지나가면서 말했다. 자전거머신에서 내려와 러닝머신 쪽으로 갔다. 근육운동을 하기 전에 유산소운동으로 자전거머신이나 러닝머신을 해야 한다. 조금 쉴 생각으로 자전거를 타려고 했는데, 박윤재 선생님에게 딱 걸렸다. 자전거 위에서는 쉬어도 되지만, 러닝머신 위에서는 절대 쉴 수 없다. 걷지 않으면 뒤로 넘어지기 때문이다.

2주가 지나자, 아이들이 둘로 나눠졌다. 새미 언니나 현재처럼 더 열심히 하는 사람, 그리고 민아나 현민이처럼 포기하는 사람. 나는 아직 이도 저도 아니다. 마음은 새미 언니처럼 되고 싶지만, 몸은 민아 쪽으로 기울어지고 있다.

운동이 끝나고 샤워실 쪽으로 가고 있는데, 먼저 샤워를 끝내고 나가는 현재와 만났다. 난 일부러 먼저 인사를 하지 않았다. 어느새 보았는지 민아가 내게 달려와 잘했다고 엄지손가락을 치켜들었다.

"잘했어, 홍홍."

"이 정도는 해줘야지."

난 어깨를 으쓱이며 말했다. 초콜릿 사건 이후로 나와 민아는 현재에게 말을 걸지도, 인사를 하지도 않고 있다. 우리가 말을 걸지 않으니, 현재랑 말을 하는 아이가 한 명도 없다. 하루 종일 아무와도 말하지 않으면 얼마나 외로울까? 그 사건만 아니었더라도 현재에게 친절하게 대해줬을 텐데. 뭐 어쩔 수 없다. 자업자득, 원장님 말대로 뿌린 대로 거둔 것뿐이다.

머리를 너무 자주 감아서인지, 오히려 머릿결이 더 나빠졌다. 린스를 쓰지 않고 샴푸만 써서 그런가 보다. 민아에게 헤어트리트먼트를 같이 하지 않겠냐고 물었다. 하지만 민아는 귀찮다며 먼저 나가겠다고 했다.

머리카락에 트리트먼트제를 바르고 10분이 지나길 기다리고 있는데, 새미 언니가 샤워실 안으로 들어왔다.

"거기 앉아서 뭐 해?"

"트리트먼트예요. 언니도 같이 할래요?"

언니에게 트리트먼트제를 건네주었다. 언니도 트리트먼트제를 바르고 내 옆에 앉았다.

새미 언니를 홀끔 쳐다보니, 언니의 몸에도 살이 터진 흔적이 있었다. 뚱뚱한 사람은 누구나 살이 터진 자국을 가지고 있다. 특히 엉덩이나 허벅지 부분이 심하다. 소시지를 끓는 물에 넣으면 압력을 견디지 못하고 터지는 것처럼, 사람 몸도 살이 찌면 터진다. 초등학교 5학년 때, 허벅지와 엉덩이 사이에 살 터진 자국을 보고 깜짝 놀랐다. 살 터진 자국은 마치 칼에 긁혀 흉터가 아문 것처럼 생겼다. 나도 모르는 사이 허벅지를 다친 게 아닌가 했지만, 엄마가 살이 터진 거라고 알려주었다. 그 모습이 창피해 그 이후로 공중목욕탕에 간 적이 없다. 친구들이 여름방학이면 워터파크에 놀러 가자고 했지만, 나 혼자 빠졌다. 친구들에게는 더욱더 보여주고 싶지 않았다. 새미 언니를 보니 살 터진 자국은 살이 빠진 후에도 계속 남아 있는 것 같다. 살 터진 흔적은 뚱뚱한 사람에게, 뚱뚱했던 과거를 가지고 있는 사람에게 새겨진 '주홍글씨'다.

"언니, 너무 힘들어요. 힘들어서 운동을 못하겠어요."

"지금이 그럴 때야. 3주차부터가 고비거든."

언니의 말을 듣고 나니 조금 기운이 났다. 나만 힘든 건 아닌가 보다.

"정신 바짝 차려. 자칫하면 이제까지 한 노력이 다 물거품이 돼."

"네."

"그리고 민아랑 어울리지 마."

"네?"

내가 잘못 들었나 싶어 언니를 쳐다봤다. 언니는 내 얼굴을 보지 않고, 앞을 쳐다본 채 말을 계속했다.

"걔는 의지가 약해. 성공하지 못할 거라고. 태도가 아주 글러먹었어. 너도 민아랑 같이 어울리다 보면 걔랑 똑같아져. 민아 살 거의 안 빠졌잖아. 아마 나갈 때도 그대로일걸? 너도 그렇게 되고 싶어?"

"하지만 친군데 어떻게 그래요."

"너, 여기 친구 사귀려고 왔니?"

언니의 말투가 아주 차가웠다.

"초콜릿만 봐도 그렇잖아. 물론 몰래 먹는 건 상관없어. 하지만 너랑 나한테까지 같이 먹자고 꼬였잖아."

"꼬인 게 아니라, 그냥 먹고 싶으면 말하라고 했죠."

나는 웃으면서 말했다.

"걔는 분위기 조성을 나쁜 쪽으로 한다고. 넌 나한테 고마워해야 해. 내가 부원장님한테 말하지 않았다면, 아마 너도 걔랑 초콜릿 나눠 먹고 말았을걸?"

언니는 그 말을 남기고 샤워기 앞으로 가 머리를 감기 시작했다. 머리가 띵하다. 현재가 고자질한 줄 알았는데 아니었다. 어떻게 새미 언니가 민아를 이를 수 있지? 민아는 늘 새미 언니 칭찬을 하고, 새미 언니를 많이 따랐다. 이 사실을 민아가 알게 된다면 어떻게 될까? 믿었던 사람에게 배신당하는 것만큼 슬픈 일은 없다. 차라리 현재가 이른 게 더 나았을지도 모른다. 현재는 우리와 별로 친하지 않았으니까. 우리는 당연히 범인이 현재일 거라고 생각했다. 한 번도 새미 언니일 거라는 생각은 하지 못했다. 사람은 자기가 보고 싶은 것만 보고, 자기가 믿고 싶은 것만 믿는다고 하더니, 지금 내 상황이 딱 그랬다.

2층 휴게실에 민아와 지유, 새미 언니가 있었다. 민아와 지유는 텔레비전을 보고 있었고, 새미 언니는 훌라후프를 하는 중이었다. 난 방으로 들어가 저녁 식사 전까지 쉬려고 했지만, 민아가 나를 부르는 바람에 휴게실로 들어왔다.

"흥흥, 트리트먼트를 하니까 딴 사람 같은데?"

민아가 내 머리카락을 만지며 장난을 쳤다. 평소였다면, "내가 원래 머릿결 하나는 전지현 뺨쳐"라고 대답했을 거다. 하지만 지금은 같이 장난을 치고 싶지 않다. 민아에게 솔직히 말을 해야 하나 말아야 하나 고민이다. 사실을 말하지 않는다면 민아는 계속 현재를 미워할 것이고, 사실을 말한다면 큰 충격을 받을 것이다.

"언니, 살이 더 많이 빠진 것 같아요. 부러워요, 언니."

민아가 새미 언니에게 말을 걸었다. 새미 언니는 으쓱한 표정을 지을 뿐이다.

"흥흥아, 우린 언제 언니처럼 될까?"

"글쎄다. 골박, 오늘 밥 많이 먹었어?"

난 민아에게 대답을 하는 대신, 지유에게 말을 걸었다. 지유는 불만이 가득한 얼굴로 고개를 천천히 크게 끄덕였다. 난 지유를 이름 대신 골박이라 부르고 있다. 무민이 뭔지 알려주기 전까지 계속 골박이라고 부를 생각이다.

"네 쌍둥이는 어딨어?"

민아가 지유에게 물었다.

"방에. 그리고 쌍둥이라고 하지 마. 나랑 오빠 하나도 안 닮았어."

"무슨. 너네 둘 완전 쌍둥이 같아. 쌍둥이라고 해도 믿을걸?"

"치."

민아의 말에 지유가 입을 잔뜩 내밀었다. 어린애를 놀리는 재미가 아주 쏠쏠했다. 지유에게 장난을 치고 있는데, 휴게실 안으로 현재가 들어왔다. 정수기에서 물을 뜨러 온 거였다. 난 슬쩍 현재의 표정을 살폈다. 표정이 별로 좋지 않다. 조금 어두워 보이기까지 했다. 현재는 물통에 물을 받자마자 휴게실에서 나갔다.

"나 잘했지? 아는 척도 안 했어."

현재가 나가자, 민아가 내게 물었다. 나는 대답 대신 고개만 끄덕여주었다. 현재에게 너무 미안하다. 민아에게 보이는 것이 전부가 아니라는 말을 해주고 싶다. 범인은 현재가 아니라, 바로 여기 있는 새미 언니다. 새미 언니는 왜 나한테 사실을 알려준 걸까? 어차피 내가 민아에게 말하지 못할 거란 걸 알아서? 언니는 억울한 누명을 쓰고 있는 현재가 불쌍하지도 않나? 난 의자에서 일어났다.

"어디 가?"

"방에 가서 좀 누워 있을래. 이따 저녁 시간에 보자."

휴게실에서 나왔다. 고개를 돌려 휴게실을 쳐다보니, 아무것도 모르는 민아는 새미 언니에게 또 말을 걸고 있었다. 난 답답함에 가슴을 치고 방을 향해 걸었다.

방으로 들어와 침대에 누우려고 하는데, 방문이 열리며 지유가 들어왔다.

"언니, 무슨 일 있지?"

"뭐가?"

"민아 언니랑 무슨 일 있는데 뭘."

하여간 골박, 눈치 하나는 빠르다. 난 지유에게 초콜릿 사건의 범인이 현재가 아니라 새미 언니라고 말했다.

"민아한테 사실대로 말해야 할까?"

"말하지 마. 알아서 좋을 거 없잖아."

지유는 너무 쉽게 결론을 냈다.

"하지만 새미 언니 때문에 현재가 우리한테 왕따를 당하고 있잖아."

"왕따? 언니들이 지금 현재 언니 왕따시키고 있는 거야?"

"응. 아까 봤잖아. 우리가 인사도 안 하는 거."

"그게 무슨 왕따야? 원래 그 언니 아무하고도 말 안 하잖아."

지유가 대수롭지 않게 말했다.

"뭐 그렇긴 하지만."

이 상황을 어떻게 하면 슬기롭게 극복할 수 있을까 한창 고민을 하고 있는데, 식사 시간을 알리는 종이 울렸다. 난 지유에게 먼저 나가겠다는 말을 하고 서둘러 방에서 나왔다. 우선 밥을 먹은 후 고민을 계속해야겠다.

근육운동을 끝내고 스트레칭을 하고 있는데, 쿵 하는 소리가 들렸다. 러닝머신이 있는 쪽이었다. 무슨 일인가 가봤더니 러닝머신 주위로 아이들이 몰려 있었고, 그 아래 사람이 쓰러져 있었다. 현재였다. 박윤재 선생님이 달려와 현재를 일으켰다.

"이현재, 이현재!"

선생님이 현재의 뺨을 쳤지만, 현재는 일어나지 않았다. 남자아이들의 도움을 받아 선생님이 현재를 등에 업었다.

"왜 저런 거야?"

"몰라. 갑자기 러닝머신 하다가 떨어졌어."

아이들이 웅성거렸고, 유선민 선생님이 다가와 현재는 괜찮을 거라며 아이들에게 얼른 운동을 마저 하라고 했다.

"쟤 너무 무리한다 싶었어."

내 옆을 지나가며 새미 언니가 한마디 했다. 나는 아무 말도 하지 않았다. 새미 언니에게 별로 대꾸하고 싶지 않았다.

영어 회화 시간이 되어 4층 강의실로 갔다. 그런데 회화 선생님인 제이미 대신 부원장님이 교실로 들어왔다.

"오늘 제이미 선생님이 일이 생기셔서 수업을 하지 못하게 되었어요."

부원장님의 말이 끝나자마자, 아이들이 "앗싸"라고 소리치며 좋아했다. 부원장님이 조용히 하라며 교탁 위를 손바닥으로 두드렸다.

"대신."

우리는 부원장님의 말에 귀를 기울였다. 설마 회화를 하지 않는 대신 운동을 하라는 걸까? 그럴 바에는 차라리 회화 공부를 하는 게 훨씬 좋다.

"방송을 볼 거예요."

부원장님이 교실 앞에 놓인 텔레비전을 리모컨으로 켜며 말했고, 나도 아이들을 따라 안도의 한숨을 내쉬었다.

"텔레비전 속에 나오는 사람들은 바로 여러분의 미래 모습이에요. 여러분이 살을 빼지 않을 경우의 모습인 거죠."

방송은 다이어트 서바이벌 프로그램이었다. 살을 빼려고 모인 뚱뚱한 사람들이 1억이라는 상금을 놓고 매주 미션을 수행한다. 몸무게가 가장 적게 빠진 사람들이 탈락해 나가고, 최종적으로 가장 많은 감량률을 보인 사람이 우승을 하는 거다. 방송사마다 비슷한 프로그램을 하도 많이 해서 나도 몇 번 텔레비전에서 본 적이 있다.

1회 방송인지, 참가자들의 소개가 이어졌다. 실연의 상처로 1년 사이에 30kg이 찐 대학생 여자, 부모의 이혼으로 충격을 받아 어렸을 적부터 소아비만이었다는 삼십대 초반의 남자, 미스코리아였지만 사람들의 악플로 충격을 받아 살이 쪘다는 이십대 후반의 여자, 뚱뚱한 자신이 싫어 몇 번 자살 시도를 했다는 사십대 여자 등등 도전자들의 사연이 다들 기구했다. 그들은 500 : 1의 경쟁률을 뚫고 도전자로 뽑혔다.

"나도 살 더 찌워서 저기 나갈까? 1억이라니, 대단하다!"

옆자리에 앉은 현민이가 킥킥대며 말했다. 하지만 초등학교 6학년인 소정이는 난 저렇게 되고 싶지 않다며 고개를 설레설레 저었다.

방송을 보고 있으니, 뚱뚱한 게 장애처럼 느껴졌다. 불행하면 뚱뚱해질 확률이 높고, 뚱뚱하면 불행한 삶을 살 수밖에 없다. 그렇게 뚱뚱함의 악순환이 계속 반복되는 건가 보다. 물론 뚱뚱하면서 즐겁게 사는 엄마, 아빠가 있긴 하지만, 극히 예외적인 경우다.

자살을 시도했다는 아줌마는 자기 자신이 너무 한심하고 싫다며 눈물을 흘렸다. 그 아줌마는 사람들이 자신을 놀리는 것도 싫고, 자기를 신기하게 쳐다보는 것도 고통스럽다고 했다. 아줌마의 말을 이해할 수 있다. 반 친구들은 종종 내 외모를 가지고 장난을 쳤다. 도덕 시간에 선생님이 아프리카 난민 사진을 보여준 적이 있다. 선생님은 지구 반대편에 굶는 아이들이 있으니, 항상 감사하게 식사를 하라고 말했다. 반 아이들은 내게 "네가 다 먹어서 쟤네가 배고픈 거야"라고 장난을 치며 웃었다. 그때 나도 아이들을 따라 같이 웃었다. 속으로는 울었지만, 겉으로는 웃는 척했다. 만약 나도 살을 빼지 않은 채 어른이 되면, 저 아줌마처럼 될까? 뚱뚱한 내 모습이 싫어 바깥에 나가지 않고 하루 종일 집에 숨어 살까? 살을 빼지 못한 미래의 내 모습을 상상하니 끔찍했다. 아무래도 운동을 더 열심히 해야겠다.

저녁 식사 시간에도 현재는 식당에 나타나지 않았다. 어떤 아이의 말에 따르면 현재가 병원에 실려 갔다고 했다. 이대로 현재가 퇴소하면 어쩌나 걱정이다. 아직 현재에게 사과를 하지 못했다. 아무래도 민아에게 가서 현재가 지금 어디에 있는지 물어봐야겠다.

옆방으로 가서 문을 두드렸다. 민아는 아직 자지 않고 있었다.

"무슨 일이야?"

민아가 방으로 들어오라고 했다. 현재 침대가 빈 걸로 봐서, 현재는 아직 병원에 있나 보다.

"쟤 양호실에 있대."

내가 묻지도 않았는데 민아가 먼저 현재가 있는 곳을 이야기해 주었다.

"양호실? 여기 양호실이 있어?"

"모르겠어. 어쨌든 유선민 선생님이 와서 현재 오늘 양호실에서 쉴 거라며 혼자 자라고 했어."

양호실에 있다니 다행이다. 현재의 상태가 심각하지는 않나 보다.

"저기 민아야. 우리 양호실 안 가볼래?"

"왜?"

"그래도 네 룸메이트잖아."

"싫어."

민아가 인상을 쓰며 대답했다. 난 민아에게 다시 한 번 양호실에 가보자고 말했다.

"너 왜 그래? 걔가 나한테 어떻게 했는데?"

민아가 나를 째려보았다. 답답하다. 민아에게 사실대로 말하지 않으면, 현재의 오해를 풀 수가 없다. 하지만 사실을 말하면 민아가 상처받을 것이다.

"너 정말 왜 그래? 혹시 나 몰래 현재랑 친하게 지냈던 거야? 그런 거야?"

민아가 침대에서 일어서며 화를 냈다.

"그게 아니고."

"그럼?"

"현재 아니야."

"뭐가?"

"부원장님한테 이른 거 현재 아니라고."

"그럼 누군데?"

"새미 언니야. 새미 언니가 일렀대."

어쩔 수 없이 말해버렸다. 하지만 민아는 말도 안 된다며, 거짓

말을 하지 말라고 했다.

"진짜야. 새미 언니가 직접 나한테 말했어."

민아는 아무 말도 하지 않은 채 침대 위에 주저앉았다.

"야, 괜찮아?"

민아에게 다가가 어깨를 흔들었다. 민아는 입술을 잘근잘근 씹었다.

"어떻게 새미 언니가 나한테 이럴 수 있냐?"

"그러게."

"난 그것도 모르고, 새미 언니 좋다고 막 그러고. 진짜 한심하다, 한심해."

민아가 주먹으로 자기 머리를 두 번 내리쳤다. 그런데 그게 다였다. 민아의 충격은 별로 크지 않았다. 괜히 나 혼자 고민했나 보다. 난 민아가 사실을 알게 된다면 무척 비관할 줄 알았다. 이럴 줄 알았으면 진작 민아에게 이야기하는 건데, 괜히 나 혼자 끙끙 앓았다. 하여튼 난 지나치게 상상력이 풍부한 게 문제다.

"난 그것도 모르고 현재만 원망했어."

민아는 취침 시간이 되기 전에 양호실에 가보자고 했다.

우리는 2층 입구에 가서 1층 인터폰을 눌렀다. 관리실 아줌마가 무슨 일이냐고 물었다. 양호실에 있는 현재를 만나고 싶다고 하니, 아줌마가 잠깐만 기다리라고 말했다.

잠시 후, 아줌마가 2층으로 올라왔다. 아줌마는 또 자다 깼는지 머리가 부스스했고, 졸린 눈이었다. 우리는 아줌마를 따라 1층으로 내려갔다. 양호실은 상담실 옆에 있었다.

"끝나면 관리실로 와."

아줌마가 관리실 안으로 들어갔다. 우리는 양호실 앞에서 들어가지 못한 채 가만히 서 있었다. 막상 현재를 만난다고 생각하니, 뭐라고 말을 해야 할지 모르겠다. 차라리 내일이나 모레 만나 자연스럽게 이야기를 할 걸 그랬나 싶다.

어떻게 할까 고민하고 있는데, 민아가 양호실 문을 열었다. 민아가 먼저 양호실 안으로 들어갔고, 나도 따라 들어갔다. 양호실은 학교에 있는 양호실과 아주 비슷했다. 약이 담긴 커다란 약상자가 있었고, 침대 옆에 커튼도 있었는데 커튼은 열려진 상태였다.

나와 민아를 보고 현재가 조금 놀란 표정을 지었다. 우리는 쭈뼛거리며 침대 옆에 있는 의자에 앉았다.

"몸은 괜찮아?"

현재가 고개를 끄덕였다. 침묵이 계속되었다. 현재도, 나와 민아도 아무 말도 하지 않고 있었다.

"그동안의 일, 미안해."

민아가 먼저 말을 꺼냈다.

"난 네가 부원장님한테 초콜릿 이야기를 한 줄 알았어. 그래서 일부러 너 보고 아는 척도 안 하고, 말도 안 걸었어."

"나도 미안해. 나도 그런 줄 알았어."

민아와 나는 차례대로 사과를 했다. 현재는 아무 대답도 하지 않은 채, 가만히 우리를 쳐다보았다. 아무래도 나와 민아가 너무 심했나 보다. 우리는 다시 한 번 현재에게 사과했다. 우리가 큰 오해를 해서 미안하다, 정말 큰 실수를 했다, 다시는 그러지 않겠다, 라고.

"니들 무슨 소리야?"

현재가 나와 민아에게 되물었다.

"난 몰랐어. 니들이 나한테 인사 안 하는지도 몰랐고, 말 안 거는지도 몰랐다고. 원래 너희랑 나, 처음부터 그렇게 지냈잖아. 그리고 먼저 니들 무시한 것도 나잖아."

"뭐 그렇긴 하지."

민아와 나는 어색한 웃음을 지었다. 괜히 여기 왔나 보다. 아니, 온 것까지는 좋았다. 사과만 하지 않았더라도 훨씬 나았을 거다.

또다시 침묵의 손님이 양호실을 점령했다. 아무래도 그만 가보는 게 좋을 것 같다.

"그럼 우린 가볼게."

의자에서 일어나 문을 열고 나왔다. 꼭 덤 앤 더머가 된 기분이다. 민아를 쳐다보니, 민아도 나와 같은 생각을 하는 듯했다.

잔인한 형벌

식판을 받아들고 빈자리를 찾아 앉았다.

"홍홍, 아무래도 점점 밥의 양이 줄어들고 있는 것 같아."

민아가 얼굴을 식판 가까이 들이댄 채 요리조리 살피며 말했다.

"그런가?"

"잘 봐봐. 지난주까지만 하더라도 식판에 밥이 반 이상은 있었어. 그런데 이것 봐봐. 반도 안 되잖아. 오이지도 지난번에는 일곱 개였는데, 오늘은 다섯 개야."

민아의 말을 듣고 보니 그런 것 같기도 하다.

"아줌마가 실수로 양을 적게 준 게 아닐까?"

"아니야. 내가 3일간 분석한 결과, 밥의 양이 줄어들고 있어."

민아는 CSI 흉내라도 내는 듯, 매우 예리한 눈빛을 하고 있었다.

"나 더 이상 이렇게 먹고는 못 살 것 같아."

민아가 식판의 밥을 하나도 건드리지 않은 채 말했다. 민아는 양이 준 것뿐만 아니라 맛도 더 없어지는 것 같다고 하소연했다. 달걀국에 밍밍한 오이지, 두부샐러드, 멸치볶음이 오늘 저녁 반찬 전부다.

"우리 나가려면 며칠 남았냐?"

"24일."

"아직 반도 안 지난 거야?"

난 그렇다고 고개를 끄덕였다. 여기 온 지 18일이 지났고, 나가려면 앞으로 3주 더 넘게 남았다. 얼른 나가고 싶긴 하지만, 아직 몸무게가 6kg밖에 줄어들지 않았다. 24일 동안 14kg을 더 빼야 한다.

"반찬 투정해도 소용없어."

민아가 계속 밥을 먹지 않고 있어 한마디 했다.

"그래, 현민이를 생각하면 이거라도 먹어야지."

민아가 한숨을 푹 내쉬더니 밥을 먹기 시작했다. 현민이는 살이 더디게 빠져 일주일간 저녁 금식령을 받았다. 조금 가혹한 형벌이라는 생각이 들지만, 살을 빼기 위해서는 어쩔 수 없다.

밥을 다 먹고 일어서려고 하는데, 옆 테이블에서 밥을 먹고 있는 남자애가 말하는 게 들렸다.

"어? 원장님이다."

식당 입구 쪽을 보니, 원장님이 부원장님과 함께 들어오고 있었다. 가끔 식사를 할 때 원장님이 올 때가 있다. 우리는 밥을 다 먹었지만 원장님과 인사를 하기 위해 자리에 가만히 앉아 있었다. 원장님이 지나가자, 아이들이 자리에서 일어나 인사를 했다. 밥을 다 먹은 상태라도, 원장님이 들어오면 인사를 하고 나가야 했다.

원장님이 얼른 우리 자리 쪽으로 오기를 기다리고 있는데, 원장님이 소리치는 게 들렸다. 플러스 팀 식탁 쪽에서였다. 무슨 일인가 싶어 의자에서 일어나 목을 쭉 빼고 살폈다. 원장님 앞에 있는 건 지유였다. 그쪽으로 가서 보고 싶었지만, 플러스 팀 자리 쪽으로 가는 건 금지되어 있어서 그럴 수 없었다. 하지만 그리 멀지 않아 원장님이 말하는 게 다 들렸다.

"빨리 먹어."

"싫어요."

"너 자꾸 음식 남길래? 골고루 먹어야 건강해진다고 했잖아!"

원장님이 지유에게 소리를 질렀고, 지유 대신 지용이 원장님에게 말하는 모습이 보였다. 하지만 원장님이나 지유처럼 소리를 지르는 게 아니라서 지용의 목소리는 잘 들리지 않았다. 플러스 팀 선생님들이 지용의 어깨를 잡아 자리에 앉혔고, 원장님은 계속 지유에게 음식을 먹으라고 소리쳤다.

"홍홍아, 지유 왜 그런 거야?"

"몰라."

순간 식판에 있던 오이지 반찬이 생각났다. 지금은 이미 내 배 속으로 들어가 버려 식판에서 흔적도 없이 사라져버렸지만, 오이지 국물이 조금 남아 있다. 지유가 오이를 먹지 않아 벌점을 받았다는 말을 한 적이 있다. 아마 오이지를 남겨 원장님이 화를 내는 게 분명하다. 밥을 먹던 아이들이 지유와 원장님이 있는 쪽으로 갔고, 나와 민아도 따라갔다. 선생님들이 자리에 앉으라고 했지만 소용없었다.

원장님은 젓가락으로 오이지를 들어 지유 입에 갖다 댔다. 지유는 입을 굳게 다물고 고개를 저었다.

"안 먹는다고요."

지유는 끝까지 원장님에게 먹지 않겠다고 대들었다. 그럴수록 원장님의 목소리는 더 커지고 무서워졌다. 옆에서 선생님들이 지유에게 얼른 먹으라고 했지만, 지유는 계속 싫다고 소리쳤다. 옆에 있던 남자애들은 지유의 고집이 장난이 아니라며, 원장님과 지유 중에 누가 이길까 내기까지 했다. 원장님은 아이들이 예의 없이 구는 걸 제일 싫어한다. 이대로 지유가 먹지 않고 지나가도록 놔둘 사람이 아니다. 하지만 지유 역시 만만치 않다. 작은 게 고집 하나는 엄청 세다.

"따라와."

결국 원장님이 지유의 팔을 잡아챈 후 식당 바깥으로 끌고 나갔다. 선생님들이 아이들에게 얼른 자리로 돌아가라고 소리쳤다.

2층으로 내려와 휴게실로 들어갔다. 휴게실에 있는 아이들은 모두 지유 이야기를 했다. 어떤 아이는 원장이 지유를 때릴지도 모른다고 하였고, 또 어떤 애는 지유가 퇴소당할지도 모른다고 했다.
"쟤 아마 독방행일걸? 벌점 20점 넘었다며?"
새미 언니가 휴게실로 들어오며 말했다. 초콜릿 사건의 범인이 새미 언니라는 것을 알게 된 이후, 나와 민아는 예전만큼 새미 언니와 가까이 지내지 않고 있다. 자연스레 새미 언니에게 말을 거는 것도 꺼려졌다.
"독방이 어떤 곳인데요?"
소정이가 새미 언니에게 물었다. 새미 언니는 작년에 이미 두 번 여기 들어온 경험이 있어 잘 알 것이다.
"나도 잘 모르지만, 지난번에 어떤 초등학생 남자애도 원장님한테 대들어서 독방 간 적이 있어. 독방에는 침대 하나 달랑 있고, 창문도 없대. 거기에서 24시간 갇혀 있는 거지."
"정말 그런 곳이 이 학교에 있어요?"
"니들 모르는구나? 여기엔 없는 게 없어. 여기가 원래는 정신병원이었대. 병원을 개조해서 학교를 만든 거지."

새미 언니의 말에 아이들이 인상을 썼다. 2층 문이 왜 안이 아닌 바깥에서 잠글 수 있게 되어 있는지 알 것 같았다.

"그러게 적당히 좀 하지. 원장님 앞에서 그러지만 않았어도 독방행은 아닐 텐데 말이야."

새미 언니는 남 일이라는 듯 태연하게 말했다. 물론 새미 언니에게는 모든 일이 '남 일'일 것이다.

"그래도 플러스 팀 애들은 독방에 있을 만할걸? 마이너스 팀이 들어가면 완전 큰일 나."

휴게실에 있는 마이너스 팀 아이들이 왜 그러냐고 새미 언니에게 물었다.

"마이너스 팀인 아이가 독방에 들어가면 24시간 동안 밥도 안 준대."

"말도 안 돼!"

마이너스 팀인 아이들이 소리를 질렀다.

"진짜야. 그러니까 너희들도 조심해."

새미 언니는 말을 끝낸 후 아무렇지 않은 듯 훌라후프를 시작했고, 난 민아와 함께 휴게실에서 나왔다.

휴게실 앞 2층 현관 입구에 지용이 서 있었다. 지용은 인터폰으로 1층에 연락을 하는 것 같았다.

"지유 좀 만나게 해주세요."

지용이 수화기에 말하는 게 다 들렸다. 나와 민아는 방으로 가는 대신 지용을 지켜보았다. 지용은 1층 관리실 아줌마에게 계속 사정을 하였다.

"네, 알겠습니다."

지용이 인터폰을 내려놓았다.

"지유 어떻게 됐어?"

"지금 원장실에 있대."

지용이 잔뜩 울상을 한 채 말했다. 그러더니 지용은 방이 있는 쪽으로 터덜터덜 걸어갔다. 지용이 곧 쓰러질 것처럼 비틀거리며 걸었다. 안 그래도 마른 애가 비틀거리기까지 하니 더 불쌍해 보였다.

민아와 함께 내 방으로 들어왔다.

"여기 정말 감옥 같아."

민아가 침대에 앉으며 말했다. 나도 민아의 생각에 동의한다. 여긴 엄격한 규칙이 적용되고, 시간표대로 움직여야 한다. 진짜 학교도 이 정도는 아니었다. 여긴 바깥에 나가는 것도 자유롭지 않다. 매일 아침 산책을 하러 나가지만, 그것 역시 규율에 따른 단체 행동이다.

"홍홍아, 왜 1층에 내려갈 때 허락을 받아야 하는 걸까?"

"글쎄. 거기 원장실도 있고, 선생님들 사무실도 있으니까 그런 게 아닐까?"

"그래도 아무 때나 바깥에 나가고 싶어."

"나도. 그래도 다이어트를 위해서는 어쩔 수 없잖아. 하고 싶은 걸 다 하고, 먹고 싶은 거 다 먹으면 절대 살 못 뺄 거야."

"너 꼭 우리 엄마 같아."

"왜?"

"우리 오빠가 고3인데, 엄마가 오빠한테 그러거든. 자고 싶은 거 다 자고, 놀고 싶은 거 다 놀면 절대 대학 합격 못한다고."

"그럼 우리 고3 놀이 한다고 생각하자."

"우웩, 싫어. 할 게 없어서 고3 놀이를 해?"

민아는 고3만큼 끔찍한 게 없다며, 고개를 설레절레 저었다.

"우리 오빠는 나처럼 뚱뚱하지 않았거든. 근데 고3 되면서 살 엄청 쪘어."

"그럼 우리도 고3 되면 살 더 찌는 거야?"

"아마 그럴걸?"

"완전 끔찍하다."

고등학생이 되면 책상에 앉아 있는 시간이 더 길어져서 살이 많이 찐다는 이야기를 들었다. 사촌 언니들도 고3 때 살이 더 많이 쪘다. 어른들은 대학 가면 살이 빠진다고 말하지만, 사촌 언니들을 보면 꼭 그런 것 같지도 않다. 언니들은 여전히 뚱뚱하다.

"다이어트 좀 안 하고 살면 얼마나 좋을까?"

"그건 불가능할 거야. 세상 모든 여자는 다 다이어트한대. 초등학생부터 70대 할머니까지 여자들이라면 평생 다이어트를 하고 살잖아."

"그건 그래. 날씬한 애들은 더 날씬해지려고 하니까."

다이어트가 평생 과업이라고 생각하니, 숨이 탁 막힌다. 민아는 그나마 날씬한 애들도 다이어트를 하는 걸 두고 세상이 공평하다고 하지만, 난 잘 모르겠다. 왜 다들 살을 빼려는 걸까? 많은 사람들은 살을 암세포만큼 두려워한다. 어떻게든 몸에 붙은 살을 떼내려고 한다.

"여기 더 있어야 하는지 말아야 하는지 고민이야."

민아가 침대에 벌러덩 누우면서 말했다. 나도 민아를 따라 침대에 누웠다.

"왜?"

"나 몸무게가 겨우 3kg 줄었어. 일주일 전 그대로야."

"앞으로 더 빠지겠지."

"제발 그래야 하는데. 흥흥, 넌 몇 킬로그램 빠졌어?"

"난 6kg."

"우와, 좋겠다. 완전 부러워!"

민아가 부러워했지만, 사실 난 6kg 감량이 별로 마음에 들지 않는다. 계속 이런 식이면 내 꿈의 몸무게 59kg은커녕 상담할 때 적어낸 목표 체중 64kg에 도달할 수 있을지 모르겠다.

"밍밍아, 우리 조금 더 힘내자."

"응."

민아가 힘없이 고개를 끄덕였고, 나도 간신히 힘을 내 "화이팅"이라는 말을 쥐어짜내었다.

저녁 요가를 끝내고 2층으로 내려왔는데, 방 앞에 지용이 서 있었다.

"무슨 일이야?"

"저기, 잠깐 들어가서 지유 책 좀 찾아봐도 돼?"

"응. 들어와."

난 지용을 데리고 방 안으로 들어오며, 지유가 어떻게 되었냐고 물었다.

"지유, 독방 들어갔어. 24시간 있어야 한대. 심심할까 봐 책이라도 좀 갖다 주려고."

"그래도 돼?"

"잘 모르겠어. 선생님한테 한번 부탁해보려고."

지용이 책상 위에 있던 책 몇 권을 챙겼다. 지용의 표정이 썩 좋아 보이지 않았다.

"괜찮을 거야."

지용을 위로했다. 그런데 지용이 고개를 설레설레 저으며 괜찮지 않을 거라는 말을 했다.

"작년에 지유 같은 반 애들이 지유를 과학실에 가둔 적이 있어."

"왜?"

"장난친다고. 애들이 문을 닫고 안 열어준 거야. 저녁때였는데, 과학실에 해골도 있고, 동물 박제된 것도 있고 해서 지유가 많이 놀랐어. 문 앞에서 애들이 막 무서운 이야기도 하고 그랬대. 애들이 문을 잠근 건 아닌데, 바깥에서 잡고 서 있었던 거야. 지유가 힘도 없고 약하니까 나오지 못하고 한참 동안 갇혀 있었어."

지용이 꼭 울 것 같았다. 내가 괜찮을 거라며 걱정하지 말라고 했지만, 지용은 안절부절못했다.

"걔 문 닫고 혼자 있는 거 싫어해."

"그렇구나."

지유가 왜 혼자 방에 있을 때 문을 열어놓고 있었는지 알겠다. 나와 둘이 있을 때는 문을 닫고 있어도 괜찮다. 하지만 내가 지유를 두고 나가게 되면, 지유는 꼭 문을 조금이라도 열어놓고 나가 달라고 부탁했다.

"선생님한테 가서 사정 말하고 부탁해봐."

지용은 고개를 한 번 끄덕이더니, 방문을 열고 나갔다.

아침 산책을 하기 위해 방에서 나오는데, 복도에서 지용과 마주쳤다. 지용의 얼굴은 어젯밤보다 더 안 좋아 보였다. 안 그래도 살짝 처진 눈이 5cm는 더 처져 보였다.

"참, 어제 지유한테 책 갖다 줬어?"

지용이 입을 내민 채 고개를 저었다. 저 표정은 지유가 식사 시간 때마다 짓는 거다.

"안 된대. 독방에서는 아무것도 하면 안 된다고 해서 못 줬어."

"그럼 하루 종일 아무것도 안 하고 있어야 하는 거야?"

"응. 벌 받는 거라 어쩔 수 없대."

지용에게 뭔가 더 물어보려고 했지만, 표정이 너무 좋지 않아 그냥 지용을 보내주었다.

2층 입구에서 민아가 나를 기다리고 있었다. 정확히 7시가 되자, 2층 현관문이 열렸다. 마이너스 팀은 선생님의 지시를 받아 1층으로 내려갔다.

"지유 어떻게 됐대?"

"지용이 만나서 물어보니까 방에 꼼짝없이 갇혀 있어야 한대."

난 어제 지용에게 들은 지유의 이야기도 해주었다. 민아가 인상을 쓰며 지유 걱정을 했다.

산책이 본격적으로 시작되자, 힘이 들어 더 이상 떠들 수가 없었다. 말이 산책이지, 지대가 높아 거의 등산 수준이다. 산책이 끝나면, 체육복이 땀으로 흠뻑 젖는다.

산책을 가장한 등산이 끝나고, 조회를 위해 3층 강당으로 올라갔다. 어김없이 오늘도 원장님의 말씀으로 조회가 시작되었다. 원장님은 평소처럼 우리의 경과와 앞으로 우리가 해야 할 일들에 대해 말했다.

"제이미 선생님에게 사정이 생겨서 더 이상 영어 회화를 가르칠 수 없게 되었습니다."

몇 명 아이들이 잘됐다고 수군거렸다. 3일 전부터 영어 회화 시간에 다이어트 서바이벌 프로그램을 보았다.

"학교 측에서 다른 영어 선생님을 구할까 했지만, 여러분에게 필요한 건 영어 회화가 아니라 다이어트라는 판단을 내렸습니다. 그래서 회화 시간에 댄스를 배울 거예요. 춤을 추면 살도 빠지고, 몸도 유연해지고 좋겠죠?"

원장님은 우리에게 종이를 나눠줄 테니, 회화 대신 댄스를 배우는 데 찬성한다는 서명을 하라고 하였다. 트레이너 선생님들이 맨 앞에 서 있는 아이에게 종이와 펜을 나누어주었고, 아이들이 종이와 펜을 뒤로 넘겼다.

아이들은 모두 찬성에 동그라미를 한 후, 서명을 했다. 분명 찬성과 반대 두 칸이 있었지만, '반대' 칸은 있으나 마나다. 이건 학교에서 보충수업을 신청하는 것과 비슷했다. 하고 싶지 않은 아이들도 선생님과 부모님에게 등 떠밀려 모두 보충을 하겠다는 동그라미를 쳤다.

아이들이 서명을 한 종이가 다 걷어졌다. 이제 조회가 다 끝났겠지 싶었는데, 갑자기 원장님이 어제 있었던 일을 이야기하기 시작했다.

"어제 매우 불미스러운 일이 있었습니다. 플러스 팀에서 일어난 일이지만, 마이너스 팀도 봤으니까 잘 알 겁니다."

원장님은 지유의 버릇없음에 대해, 사람의 바른 인성교육에 대해 이야기했다. 몸 건강보다 더 중요한 게 마음 건강이라며 일장 연설을 늘어놓았다. 시유가 규칙을 어긴 건 잘못했지만, 원장님은 그 이상으로 지유를 비난했다. 원장님의 말만 듣는다면, 천하의 버릇없고 못된 아이가 지유일 것이다. 어른들은 우리에게 뒤에서 친구들 욕을 하는 것처럼 비겁한 일이 없다고 말한다. 하지만 학교에서 잘못을 저지른 애가 있으면, 선생님들은 꼭 다른 반에 가서 그 아이가 잘못한 일을 상세히 이야기했다. 도대체 그게 뒷담화와 뭐가 다른 건지 모르겠다.

"그러니까 마이너스 팀도 앞으로 주의하길 바랍니다."

원장님이 조회를 마치고 교단에서 내려가려고 하는데, 갑자기 옆쪽에 있던 현재가 소리쳤다.

"원장님, 독방행은 너무하다고 생각합니다."

"뭐가 너무하죠?"

원장님이 다시 교단 앞에 섰다.

"독방행이 너무하다고요. 우리는 여기에 살을 빼거나 찌우러 왔지, 벌을 받으러 온 게 아니에요."

현재가 원장님을 향해 또박또박 말했다.

"학교에서 모든 아이들을 독방에 보내나요? 규칙을 지키지 않은 학생들이 가는 겁니다. 여러분은 이곳에 들어오기 전에 분명 저와 약속을 했어요. 그리고 저는 그 약속대로 하는 것뿐이에요."

원장님은 화를 내는 대신, 낮은 목소리로 규칙에 대해 차근차근 설명했다.

"하지만 초등학교 여자애를 독방에 보내는 건 지나치다고 생각합니다."

민아가 내 팔을 툭 치며 도대체 쟤가 왜 저러냐고 물었다. 나도 궁금하다. 도대체 현재가 왜 저럴까? 현재도 벌점이 꽉 찬 상태인가? 그래서 자기도 독방행 벌을 받을까 봐서? 그렇지 않고서야 현재가 원장에게 따질 이유는 없다.

원장이 조회를 끝내려고 했지만, 현재는 계속 원장에게 따졌다.

"그리고 매일 저희에게 인간도 아니라며 돼지라고 부르시는데, 그것도 안 하셨으면 좋겠습니다."

원장님이 주먹을 쥐고 부르르 떨었다.

"이현재 학생, 태도 불량으로 벌점 5점이에요."

원장님은 더 이상 이야기하기 귀찮다는 듯, 현재에게 벌점을 주고 강당을 나갔다. 벌점 5점이면 결코 높은 점수는 아니었다.

부원장님이 앞으로 나와 조회가 끝났으니 식당으로 가라고 했고, 아이들이 하나둘씩 강당에서 나갔다.

식당에서 현재를 마주쳤지만, 현재는 아무 일도 없었다는 듯한 얼굴이었다. 저 아이의 캐릭터를 도저히 모르겠다. 무슨 일 때문인지 양호실에서 나온 이후로 운동도 열심히 하지 않았고, 선생님들도 특별히 제재를 가하지 않았다.

"현재 종아리 근육이 파열되었대. 그래서 운동 못하는 거래."

내가 현재가 이상하다고 말하니, 민아가 직접 들었다며 이야기해주었다.

"그러면 여기에서 나가야 하는 거 아니야? 운동 못하면 있을 필요가 있어?"

"그러게. 근데 나갈 생각은 없나 봐."

민아도 현재를 이해할 수 없다고 말했다.

"그리고 말이지."

갑자기 민아가 목소리를 낮추었다.

"가끔 밤에 우는 것 같아."

민아는 밤에 현재가 우는지 훌쩍이는 소리를 몇 번 들었다고 했다.

식당으로 와보니, 현재가 식탁에서 혼자 밥을 먹고 있었다. 민아와 같이 가서 함께 먹을까 했지만, 현재가 별로 좋아하지 않을 것 같았다. 우리는 그냥 다른 빈자리를 찾아 앉았다.

지유가 돌아왔다. 독방에 간 지 딱 24시간 만이었다. 방에 들어온 지유는 아무 말도 하지 않고 제일 먼저 목욕탕에서 샤워를 하고 나왔다. 지유는 기운이 하나도 없어 보였다.
"지유야, 괜찮아?"
지유는 대답을 하지 않고 침대 위에 누웠다.
"너희 오빠도 너 나온 거 알아?"
"아니."
난 지용에게 알려주어야 할 것 같아 지용의 방으로 갔다.
문을 두드리니 지용이 나왔다. 지용은 계속 힘 빠진 얼굴을 하고 있었다. 지용이 꼭 물에 젖은 휴지 같았다.
"무슨 일이야?"
"지유가 돌아왔어."
"정말?"
지용의 작은 눈이 커졌다. 지용은 얼른 우리 방으로 달려갔고, 나도 서둘러 지용을 따랐다.
지용이 침대맡에 앉아 지유의 이마를 짚고 있었다. 지용이 아픈

데 없냐고 묻자, 지유는 괜찮다고 했다. 지용과 지유의 사이가 무척 좋아 보였다. 지용은 하루 종일 지유 걱정을 했다. 둘을 보고 있으니 집에 있을 홍주가 생각났다. 홍주는 잘 있을까? 홍주도 지유와 같은 학년이다. 내가 초등학생 때까지만 하더라도 홍주를 잘 데리고 놀았다. 하지만 중학생이 되면서부터 조금씩 홍주가 귀찮아졌다. 홍주가 내 방으로 들어와 놀자고 하면, 난 공부 때문에 바쁘다는 말도 안 되는 거짓말을 하곤 했다. 하지만 홍주는 내가 정말 공부해야 하는 줄 알고, 슬그머니 내 방문을 닫고 나갔다. 백곰같이 하얗고 커다란 우리 홍주는 매우 착하다. 화도 잘 내지 않고, 내가 시키는 것도 잘한다. 자기가 가장 좋아하는 초콜릿 아이스크림도 내가 달라고 하면, 기꺼이 나누어주는 아이다. 홍주는 지금쯤 뭘 하고 있을까? 분명 덥다며 아이스크림을 다리에 낀 채 마구 퍼먹고 있겠지.

"오빠, 혹시 울었어?"

"아니야. 내가 왜 울어?"

"진짜 미치겠네."

지유가 침대에서 몸을 일으켜 앉았다.

"왜 그렇게 자주 울어? 오빤 남자가 뭐 그러냐?"

"진짜 안 울었다니까."

"언니, 우리 오빠 울었어, 안 울었어?"

지유가 대뜸 나에게 물었다. 지유가 없는 사이, 지용이 울었는지 안 울었는지 나는 알 수 없다. 난 잘 모르겠다고 대답했다.

"언니, 우리 오빠는 무슨 일만 있으면 울어. 정말 남자가 왜 그러냐?"

"내가 언제? 언제 울었다고 그래?"

"언제 울긴. 지난번에 엄마한테 혼나서 울었고, 게임기 잃어버렸다고 울었잖아."

"이젠 아니야."

"웃기네. 지난달에 아빠가 나만 손목시계 사줬다고 삐져서 울었잖아."

"그게 무슨 운 거냐? 그냥 화가 나서 눈물이 살짝 맺힌 거지. 그리고 너는 뭐 잘났어?"

분위기가 이상하게 흘렀다. 두 남매는 옛날 일을 끄집어내면서 서로 약점을 건드렸다. 두 남매의 말을 요약해보면, 지용은 벌레도 무서워하고, 슬픈 영화나 애니메이션을 보고도 잘 우는 남자답지 못한 남자였고, 지유는 고집이 하도 세서, 유치원 때부터 선생님께 부모님 모시고 오라는 이야기를 들었고, 해도 될 말 안 해도 될 말을 가리지 못하는 비호감의 여자아이였다. 방금 전까지만 하더라도 이만큼 사이좋은 남매가 없을 거라고 생각했는데, 취소다. 둘이 똑같이 생겨서, 하는 행동도 똑같았다.

스머프 남매의 다툼은 오래가지 못했다. 둘 다 몸이 말라서 그런지, 조금 말다툼을 했을 뿐인데도 금세 지쳤다. 점점 둘의 목소리가 작아지면서 지유는 침대 위에 뻗었고 지용은 간신히 몸을 이끌고 방에서 나갔다.

지유는 잠이 들었지만, 난 잠이 오지 않아 책상 위에 앉았다. 배고픔을 잊기 위해선 잠을 자야 하는데 잠이 안 온다. 잠의 특효약은 딱 하나다. 난 가방에서 영어 문제집을 꺼냈다. 영어 독해 지문을 풀다 보면 잠이 저절로 올 거다.

Chewing helps people remember what they have learned. Scientists tested two groups of people. One chewed something for two minutes and the other did not. Then the scientists gave both groups. Some information to remember……

죽어버려. 재수 없는 박새미. 짜증 나. 돼지새끼. 씨발. 멧돼지. 유지현 뒈져라.

내가 지금 뭘 하고 있는 거지? 영어 지문 옆에 나도 모르게 또 욕을 쓰고 있었다. 난 얼른 문제집을 덮고 침대에 누웠다.

잔인한 형벌

말라가는 모든 것

"언니, 나 나갈 거야."

아침 식사를 끝내고 오전 운동이 시작되기 전에 잠깐 방에 들렀는데, 지유가 가방을 싸고 있었다. 단순히 가방 정리를 하는 것 같지는 않아 왜 그러냐고 물었더니, 지유가 그 말을 했다.

"어딜 나간다는 거야?"

"이 학교에서 나갈 거야."

"왜?"

"왜긴?"

지유가 나에게 당연한 것을 왜 묻느냐는 듯 오히려 되물었다. 3일 전 독방에서 돌아온 지유는 괜찮은 듯 보였다.

"우리 오빠도 같이 나가겠대."

"정말?"

지유가 고개를 끄덕였다.

"지금 선생님한테 말하러 갈 거야."

"그래도 너 여기 와서 살도 찌고 그랬잖아."

지유의 처음 몸무게는 30kg이었는데, 지금은 33kg으로 늘었다. 3kg은 결코 큰 숫자는 아니다. 하지만 지유나 지용이처럼 마른 사람에게 3kg 증량은 대단한 발전이다.

"여기 답답해. 몸은 건강해지는지 모르겠지만 마음은 아닌 것 같아."

지유와 더 이야기를 할 틈도 없이 지용이 방으로 들어왔다. 두 남매는 1층에 간다며 나가버렸다. 지유가 퇴소를 한다고 생각하니 기분이 이상하다. 비록 같은 팀이 아니라 함께 있는 시간은 많지 않았지만, 20일가량 여기 있으면서 지유와 많이 가까워졌다. 톡톡 쏘는 지유를 못 본다고 생각하니 조금 서운하다.

민아와 함께 오전 운동을 하러 가기 위해 민아의 방문을 두드렸다. 민아는 바깥으로 나오는 대신, 들어오라고 큰 소리로 말했다.

방으로 들어가보니 민아는 침대에 누워 있었다.

"뭐 해? 얼른 일어나."

"홍홍아, 나 몸이 너무 안 좋아."

민아가 기운 빠진 목소리로 말했다.

"그럼 어떻게 해?"

"오늘 하루 쉬고 싶어."

오늘 민아가 아침 산책을 하면서 유달리 끙끙대긴 했다.

"너, 창백해 보이긴 한다."

"그래?"

몸이 안 좋은 와중에도 민아는 그 말을 듣고 좋아했다. 우리 같은 사람은 아파 보이는 일이 거의 없기에, 진짜 아파도 아파 보인다는 말을 들을 수가 없다.

민아는 선생님에게 오늘 운동 쉬는 것을 허락받겠다며 일어섰고, 난 민아와 함께 방에서 나왔다.

"지유랑 지용이 나간대."

복도를 걸으며 민아에게 지유 이야기를 해주었다. 민아가 놀라면서 왜? 왜? 라고 물을 줄 알았는데, 민아는 입을 내민 채 "나도 그러고 싶다"라고 말했다.

"야, 너 많이 힘들어?"

"살면서 이렇게 힘든 적이 없었어."

"그렇긴 하지."

집에서 다이어트를 할 때에는 힘들면 그만두면 된다. 단식 다이어트나 원푸드 다이어트를 하다가 배가 고프면 '에이, 다음에 하지'라며 포기했고, 운동을 하다가 힘들면 그만두었다. 하지만 여기에서는 그만두기가 쉽지 않다. 배고파도 먹을 수 없고, 운동이 힘들어도 쉴 수 없다. 너무 힘든 날에는 민아처럼 하루 정도는 쉴 수 있지만, 휴식 신청은 2주에 한 번으로 정해져 있다. 여기는 비록 힘들지만, 그래서 우리가 이곳에 온 거다. 이곳이 아니면 우리는 영원히 살을 뺄 수 없다.

"민아야, 뿌린 대로 거두게 될 거야."

원장님이 매일 하는 말이 내 입에서 쑥 튀어나왔다. 민아는 아무 대꾸도 하지 않고 내 얼굴을 쓰윽 쳐다보더니, 고개를 숙인 채 걸었다. 몸이 많이 아프긴 아픈가 보다.

민아와 함께 3층 체력단련실로 올라왔다. 난 스트레칭을 시작했고, 민아는 유선민 선생님과 이야기를 나누었다.

스트레칭을 끝마치고 유산소운동을 하려는데, 민아가 체력단련실에서 나가는 게 보였다. 선생님에게 허락을 받았나 보다.

체력단련실에 우리 팀 아이들이 많이 보이지 않았다. 여기 들어온 지 1주차에는 1, 2명의 아이들이 빠졌고, 2주차가 되자 3, 4명으로 늘었고, 3주차가 되니 5, 6명으로 늘었다. 난 아직 한 번도 운동을 빠진 적이 없다. 2주에 한 번 쉴 수 있지만, 하루 쉬게 되면 다음 날 운동하기가 싫어질 것 같았다.

러닝머신 위에 올라가 걷기 시작했다. 처음에 비해 덜 힘들다. 첫 주에는 정말 이대로 혼이 빠져나가 죽는 게 아닐까 싶을 정도로 힘이 들었다. 이제는 익숙해졌는지 그 정도는 아니다. 몸도 조금은 가벼워진 기분이다. 트레이너 선생님들은 내가 잘하고 있다며 칭찬까지 해주셨다. 지금 내 몸무게는 71kg이다. 20일 동안 8kg이 빠졌다. 유선민 선생님은 이대로 하면 64kg까지 충분히 뺄 수 있다고 하였다. 하지만 뭔가 허전하다. 기분이 별로다. 64kg이 되면 행복해질까? 64kg이 되어도 난 여전히 날씬한 아이는 아닐 것이다. 우리 반에 나와 키가 비슷해도 60kg까지 나가는 아이들은 몇명 없다. 60kg이 되면 55kg이 되기 위해, 55kg이 되면 50kg이 되고 싶을 거다. 사람의 욕심은 끝이 없으니까.

아아, 내가 왜 이러지? 왜 자꾸 이런 나쁜 생각이 드는 건지 모르겠다. 내 안에 '나쁜 나'와 '착한 나'가 있다. '나쁜 나'는 살을 빼서 뭐 할 거냐며 나를 유혹하고, '착한 나'는 살을 빼라고 격려한다. 그런데 '나쁜 나'가 정말 '나쁜 나'일까? 오히려 '착한 나'가 나를 위로해주는 척하면서 나에게 못된 말을 더 많이 했다. "살 빼, 주홍희. 너 언제까지 뚱땡이로 살래? 이 돼지야, 그만 먹어"라고 말하는 건 착한 나다. 누가 착하고, 누가 나쁜 건지 헷갈린다.

속도를 높였다. 잡생각을 없애버리기 위해서는 빨리 달리는 게 최선이다.

운동을 끝내고 샤워를 하고 있는데, 새미 언니가 내 옆 샤워대로

왔다.

"너 살 많이 빠진 것 같다?"

"네."

난 언니가 듣고 싶어 하는 대답을 해주지 않았다. 언니는 분명 "언니도 많이 빠졌어요. 저도 언니만큼 날씬해지고 싶어요"라는 말을 듣고 싶었을 거다. 언니는 칭찬해주는 걸 무척 좋아한다. 쉬는 시간에 휴게실에서 훌라후프를 하는 이유도 다른 아이들에게 그런 말을 듣고 싶어서 그런 거다. 체력단련실이 훨씬 넓어 훌라후프 돌리기가 편할 텐데도, 언니는 꼭 아이들이 쉬는 휴게실에 와서 훌라후프를 돌렸다.

"민아 갠 오늘도 쉬는 거야? 지난주에도 쉬었잖아."

나는 아무 대꾸도 하지 않았다.

"그러니까 살이 거의 안 빠졌지. 걔 정말 왜 그런다니? 마이너스 팀 여자 중에서 걔가 제일 뚱뚱하잖아. 아마 걔는 나갈 때까지 그 상태일걸? 창피한 줄도 모르고 그게 뭐야."

또 시작이다. 언니 같은 사람을 보고 개구리 올챙이 적 생각 못한다고 이야기하나 보다. 언제부터 그렇게 날씬했다고 뚱뚱한 사람을 욕하는 거지?

"언니, 그만 좀 하면 안 돼요? 정말 듣기 싫어요!"

언니에게 화를 내고 다른 샤워대로 옮겼다. 뒤에서 언니가 "뭐

말라가는 모든 것

야, 너?"라고 소리치는 게 들렸지만 못 들은 척했다. 언니에게 화를 냈지만 조금도 미안하지 않다. 오히려 속이 후련하다.

샤워를 마치고 탈의실에서 옷을 입고 있는데, 현재가 내 옆으로 다가왔다.

"너, 제법이다."

무슨 소리인지 이해가 가지 않아 현재를 멀뚱히 쳐다봤다.

"저 언니, 정말 재수 없어. 물론 원장만큼은 아니지만."

현재가 나와 새미 언니의 대화를 들었나 보다. 잠시 후, 새미 언니가 샤워를 마치고 나왔다. 언니는 나를 본 척 만 척하며 옷을 입고는 휙 하고 탈의실에서 나갔다.

"꼴좋다."

현재가 새미 언니가 나간 곳을 쳐다보며 말했다.

"근데 너, 지난번에 원장님한테는 왜 대든 거야?"

정말 궁금했지만, 그동안 물어볼 기회가 없었다.

"내가 세상에서 제일 싫어하는 사람이랑 원장이 아주 많이 닮았거든. 말하는 것도 아주 똑같아. 어제는 원장이 그 사람 같아 보였어. 그래서 그런 거야."

현재와 두 마디 이상 말을 해본 건 오늘이 처음이다. 그런데 거기까지였다. 현재와 나 사이에 또다시 침묵이 흘렀다. 더 할 말이 떠오르지 않았다. 옷을 다 입었지만 먼저 나가기도 그렇고, 현재에게 같이 나가자고 말하는 것도 이상해 가만히 서 있었다.

"가자."

현재가 나를 보며 말했다. 난 얼른 현재를 따라 탈의실에서 나왔다.

"참, 그날 고마웠어."

"무슨 날?"

"민아랑 같이 양호실에 와줬잖아."

그날 생각을 하니 조금 부끄러워졌다. 괜한 오해를 하고, 괜한 변명을 하고, 괜한 망신을 당하고. 그래도 현재가 고맙다고 말하니 조금 으쓱해진다. 민아와 내가 괜한 짓만을 한 건 아닌가 보다.

2층으로 내려와 휴게실에서 쉬려고 했지만, 새미 언니는 다른 아이들에게 둘러싸여 훌라후프를 하고 있었다. 마이너스 팀 초등학교 5, 6학년 여자애들은 언니에게 날씬해서 좋겠다며 칭찬을 하고 있었다. 언니는 매우 뿌듯한 얼굴이다. 언니는 살을 빼지 못한 마이너스 팀의 아이들을 비난하기 시작했다.

"현민이나 민아 같은 애는 여기 오지 말았어야 해. 분위기만 흐리잖아. 안 그래? 너네 절대 걔네처럼 되면 안 된다. 걔들은 평생 뚱보로 살 애들이야. 그러니까 걔네랑 어울리지도 마."

언니의 말이 휴게실 바깥까지 다 들려왔다. 민아와 현민이가 들을 수 있는데, 언니는 조금도 개의치 않았다. 휴게실 안에 있는 여자애들은 새미 언니 말이 맞다며 맞장구쳤다.

"언니, 그래서 저는 현민이랑 아는 척도 안 해요."
"조그마한 애가 얼마나 먹을 거에 욕심을 내는지 말도 못해요."
초등학교 여자애들은 휴게실 바깥에 서 있는 나를 봤는지 민아 욕은 하지 않았다. 난 새미 언니와 여자애들을 노려본 후 휴게실을 지나쳐 갔다.
우리 반에 이영주라는 애가 있다. 영주는 잘 씻지 않아 더럽다. 영주는 뚱뚱하다. 그래서 아이들은 영주를 싫어했다. 그런데 나도 영주만큼 뚱뚱했다. 아이들이 뒤에서 영주 욕을 할 때, 나는 같이 욕을 하다가 뚱뚱하다는 이유로 욕을 하면 입을 다물었다. 그러면 꼭 한 명이 "야, 넌 저 정도는 아니야"라고 말해주었다. 난 웃고 넘겼지만 궁금했다.

"그럼 너네, 내가 영주보다 더 뚱뚱해지면 나를 왕따시킬 거야?"

하지만 난 차마 물어보지 못했다.

방에 들어와 보니, 지유가 책상 위에 앉아 있었다.
"골박, 그래서 언제 나가?"
"엄마랑 통화를 해야 하는데, 엄마 휴대폰이 꺼져 있어. 선생님이 엄마한테 전화 오면 대신 말해주겠대."

지유는 노트에 무언가를 적으며 말했다.

"뭐 쓰는 거야?"

"나가서 하고 싶은 일 적고 있어. 만약 여기 들어오지 않았으면 진작 했을 일들이야."

"뭔데?"

지유가 노트를 내게 내밀었다.

1. 인터넷 게임
2. 8월 10일 날 개봉한 〈마롱마롱〉 영화 보기
3. 새로 생긴 어린이 도서관 방문
4. 중국어 배우기

별로 대단한 건 없었다. 만약 나라면 무엇을 적었을까? 여길 오지 않았으면 여름방학 때 퀼트를 배울 예정이었다. 손으로 직접 만든 가방과 필통은 너무 예쁘다. 퀼트를 배우면 엄마에게 화장품 파우치를 만들어주려고 했는데 아쉽다. 지난 겨울방학 때는 뜨개질을 배워 우리 가족 목도리를 다 만들었는데, 가족들이 무척 좋아했다. 그리고 검도도 배우러 다녔을 거다. 아빠가 나와 홍주에게 집 앞에 있는 검도 도장에 다니라고 했다. 내가 여기에 오는 바람에 도장에 등록하지 못했다. 홍주에게 혼자 다니라고 했지만, 홍주는 나랑 같이 가야만 다닐 거라며 싫다고 했다. 홍주랑 같이 도장에

다니면 재미있었을 텐데, 홍주에게 조금 미안하고 아쉽다.

"아, 맞다. 워터파크도 갈 거야."

지유가 나에게서 노트를 빼앗더니, 5번에 '워터파크 가기'라고 적었다.

"그거 내일 갈 거잖아."

이번 주 일요일 체험학습으로 워터파크에 가는 게 정해져 있다. 첫째 주 일요일과 둘째 주 일요일에는 비가 와서 체험학습을 가지 못했다. 하지만 일기예보를 보니까 내일은 비가 오지 않았다. 아침마다 산책을 위해 바깥에 나가기는 하지만, 그건 완벽한 외출이라고 할 수 없다.

"안 간대."

"왜?"

"몰라. 우리 팀 선생님이 그랬어. 이번 주에 예약 꽉 차서 못 간다던데?"

"말도 안 돼. 그럼 어디 간대?"

"그냥 학교에서 휴식할 거래."

"그거 확실한 정보야?"

"응. 우리 트레이너 선생님한테 직접 들었어."

아무래도 유선민 선생님한테 직접 가서 물어봐야겠다. 난 방에서 나와 1층 인터폰을 연결했다. 관리실 아줌마가 인터폰을 받았다.

"저기, 유선민 선생님 계세요?"

"체력단련실에 운동기구 정리하러 방금 올라가셨어."

난 서둘러 3층으로 올라갔다.

체력단련실에 가보니, 유선민 선생님과 원장님이 이야기를 하고 있었다.

"유선민 선생, 여기가 애들이 놀러 온 캠프장인 줄 알아요? 여기 아이들은 다이어트를 하기 위해 온 거라고요."

"하지만 그렇게 임의적으로 바꾸는 건."

"유 선생이 원장이야? 3년 동안 여기 있으면서 유 선생처럼 불만 제기하는 사람 아무도 없었어. 유 선생이 뭔데 나한테 이래라 저래라야? 유 선생 말처럼 하면 여기서 살 뺄 수 있는 애들 아무도 없어. 그럴 거면 부모들이 왜 비싼 돈 내고 애들을 여기 보내겠어?"

분위기가 좋지 않아 다시 내려가려는데, 유선민 선생님이 나를 발견했다. 난 두 분에게 꾸벅하고 인사를 했다.

"저기, 선생님."

"무슨 일이니?"

"이번 주에 워터파크 안 가요?"

"응."

유선민 선생님 대신 원장님이 대답을 했다.

"왜요?"

"성수기라서 예약이 다 찼어."

"그럼 다음 주에 가요?"

"아니, 일요일에 거기 가는 건 힘들어. 그리고 가봤자 사람이 많아서 얼마 놀지도 못한단다."

원장님이 날 타이르듯 말했다. 하지만 다음 주, 다음다음 주에도 못 간다고 생각하니 우울하다. 거기 놀러 가는 날을 얼마나 기다렸는지 모른다. 난 어렸을 적부터 수영을 배워 수영을 아주 잘하고, 물놀이도 좋아한다. 하지만 친구들에게 수영복 입은 걸 보여주기 싫어서 살이 찐 이후로 가지 않았다. 마이너스 팀 아이들과는 같은 처지라 충분히 갈 수 있을 것 같았는데.

"원장님, 그래도 아이들이 많이 기대하고 있는데요."

원장님에게 다시 한 번 말했다. 하지만 원장님은 예약을 운운하며 안 된다고 못을 박았다. 원장님이 그렇게 말씀하시니, 더 할 말이 없었다. 알겠다 말하고 돌아가려는데, 원장님이 날 보고 말했다.

"근데 너, 그 몸으로 수영복 입고 싶니?"

"네?"

"창피한 줄 알아야지. 너 즐겁자고 다른 사람들 눈을 불편하게 할 거야?"

원장님이 웃으면서 말했다. 농담 같지만, 그 말을 듣는 내 몸은 매우 따가웠다.

"야, 돼지. 정신 좀 차려. 돼지가 사람 노는 데 가서 뭘 하게? 안 그래?"

입술을 꽉 깨물었다. 원장님의 말이 틀린 건 아니지만, 기분이 좋지 않았다. 난 원장님과 유선민 선생님에게 인사를 하고 2층으로 내려왔다. 2층 휴게실에서 새미 언니는 아직도 훌라후프를 하고 있었다. 꼭 훌라후프 묘기를 하는 원숭이 같다.

휴식날인 일요일이 되었지만 딱히 할 일이 없었다. 워터파크에 가는 게 취소되었다는 사실에 몇 명 아이들이 불만을 제기하긴 했지만, 원장님의 한마디에 아이들이 잠잠해졌다. 원장님은 우리에게 여기 놀러 온 게 아니지 않느냐며, 목적을 이루기 위해서는 운동과 식이요법에 더 집중하는 게 좋다고 했다. 반 정도의 아이들은 원장님의 말이 맞다며 수긍하였고, 반 정도는 말이 안 된다고 했지만 그렇다고 우리가 할 수 있는 일은 없었다.

바깥에도 마음대로 나갈 수 없고, 인터넷도 마음대로 할 수 없다. 텔레비전은 볼 수 있지만, 케이블이 나오지 않아 재밌는 프로그램도 몇 개 되지 않았다. 게다가 일요일 휴게실에는 텔레비전을 보려는 아이들이 많아 자리를 잡기도 만만찮다. 방에서 나가도 할 게 없어, 가만히 침대에 누워 도서관에서 빌려온 책을 읽었다. 지난번에 지용이 추천해서 빌려온 책인데, 지용이 재밌다고 한 것은 대부분 다 재미있었다.

책을 읽고 있는데, 갑자기 방문이 확 열렸다. 지유가 퉁퉁 부은 얼굴로 들어와 의자에 앉았다.

"왜 그래?"

지유에게 다가가 묻는데, 지용이가 지유를 따라 들어왔다. 지유가 의자에 앉아 짜증 난다고 말하며 툴툴댔고, 지용이가 지유를 달랬다.

"무슨 일이야?"

"우리 여기 못 나가게 생겼어."

지유가 신경질이 가득한 목소리로 말했다.

"왜?"

"우리 부모님이 허락하지 않았대. 우리가 당장 여기에서 나가면 갈 곳이 없다면서 말이야. 그래서 내가 할머니 집에 가 있겠다고 하니까 엄마가 안 된다고 했대."

"엄마랑 직접 통화했어?"

"아니, 못했어. 부원장님이 엄마와 통화했다면서 알려주었어. 하지만 이상해. 우리 엄마가 허락하지 않았을 리 없단 말이야. 부원장님이 거짓말을 하는 게 확실해."

"설마 부원장님이 거짓말을 하겠어?"

난 아무래도 그건 좀 아닌 것 같다고 말했다.

"내가 할머니한테 전화하겠다고 하니까 그건 안 된대. 이상하지 않아? 아, 짜증 나, 정말."

소리를 지르던 지유가 갑자기 침대 위로 올라가 방방 뛰기 시작했다. 지유는 "짜증 나, 짜증 나" 소리를 연발했다. 지용과 내가 그만하라고 했지만, 지유는 계속 침대 위에서 뛰며 화를 냈다. 지유가 아무리 아는 게 많고 똑똑하다고 하지만, 역시 초딩은 어쩔 수 없나 보다. 지유는 계속 방방 뛰었다.

"부모님한테 직접 전화한다고 말해."

난 지유 대신 지용에게 말했다.

"그게 쉽지가 않아."

지용이 지유를 달래는 와중에 대답을 했다.

"왜?"

"우리 부모님이 여행하고 있는 지역은 해외 로밍이 안 되는 곳이 많아. 그래서 전화를 아무 때나 할 수 없거든."

이곳에 온 후 다른 아이들은 3일에 한 번씩 부모님과 통화를 했지만, 지유는 이제까지 세 번 정도밖에 전화를 하지 않았다. 부모님이 로밍 가능 지역에 있더라도 시차 때문에, 학교 통화 가능 시간에는 부모님이 계신 곳이 한밤중일 때라서 통화를 몇 번 못했다.

"그럼 어떻게 해?"

"나도 모르겠어."

지용이도 울상을 하며 대답했다. 지용이가 지유에게 그만 화를 내라고 하소연했지만, 지유는 말을 듣지 않고 더 짜증을 냈다. 지용이 이마에 땀방울이 맺혔다. 그리고 눈가에도 무언가가 맺히는 것 같았다.

"야, 김지유! 너 정말 왜 그래?"

지용이가 기진맥진한 채 지유에게 말했다. 하지만 지유는 제 오빠는 신경 쓰지 않은 채 계속 뛰었다. 지용이 얼굴이 일그러지기 시작했다. 이러다가 둘이 또 싸울 게 분명하다.

"지유야, 제발 진정해. 조만간 부모님이랑 통화할 수 있을 거야. 아니면 내가 우리 엄마랑 전화할 때 너네 할머니한테 말해달라고 할게. 할머니 전화번호 나한테 알려줘."

"그래 줄 수 있어?"

지유가 침대에서 뛰는 것을 멈추며 물었다.

"당연하지. 내일 전화할 때 꼭 말할게. 그러니까 그만 좀 하고 저녁 먹으러 갈 준비해."

그제야 지유가 침대에서 내려와 세수를 하겠다며 목욕탕으로 들어갔다. 지용이를 쳐다보니, 지용이는 기운이 없는지 침대에 널브러져 앉아 있었다.

"야, 너도 여기 누워서 좀 쉬다가 밥 먹으러 가."

지용이는 대답 대신 힘겹게 고개를 끄덕이며 침대에 누웠다. 세수를 하고 나온 지유도 잠시 쉬겠다며 침대에 누웠다. 이 막대기 남매는 너무 약하다. 침대에서 뛴 지유도, 지유를 달래는 지용도 벌써 탈진 상태다. 난 막대기 남매를 편히 쉬게 해줄 생각으로 먼저 방에서 나왔다.

민아의 방문을 두드렸다. 들어오라는 민아의 소리가 작게 들렸다. 방으로 들어가 민아에게 저녁을 먹으러 가자고 말하려는데, 침대에 앉아 있는 민아의 어깨가 축 처져 있었다.

"야, 너 왜 그래?"

"홍홍아, 나 큰일 났어."

갑사기 빈아가 울음을 터뜨리며 나를 안았다.

"넌 또 왜 그래?"

"나 이제 어떡해?"

민아가 나에게 안긴 채 계속 울었다. 울지 말라고 했지만 민아는 말을 듣지 않았다.

"나 오늘부터 일주일간 저녁 못 먹어."

"왜?"

"몸무게가 별로 안 줄었다고 저녁 금식령 받았어. 일주일 동안 3kg 못 빼면, 그 다음 주도 저녁 안 준대."

민아가 큰 소리로 엉엉 울었다. 민아에게 식사 시간은 유일한 낙이었다. 민아는 반찬이 맛없다면서도 밥 한 톨 남기지 않고 식판을 싹싹 비웠다. 우리는 서로의 식판을 보며, 설거지할 필요가 없을 거라며 칭찬을 하곤 했다.

민아는 서러워 죽겠다는 듯 꺼억꺼억 침을 삼켜가며 울었다. 계속 민아를 달래보았지만, 민아는 울음을 멈추지 않았다. 지유에 이어 민아까지 왜 그럴까? 지유를 보고 초딩이라 어쩔 수 없다고 생각했는데, 중학생도 크게 다를 건 없었다.

간신히 민아를 달래고 방으로 돌아왔는데, 지용이 내 책상 위에 앉아 있었다. 지용은 내가 들어오는 것을 보고 서둘러 책을 덮었다. 지유는 화장실 안에 있었다.

"뭔데 그래?"

책상 위로 가보니 내 영어 문제집이었다. 갑자기 영어 문제집에 써놓았던 욕이 생각났다. 지용이 당황하였는지 허둥댔다. 내가 쓴 욕들을 다 보고 말았나 보다.

"왜 남의 문제집을 함부로 보고 그래?"

"그냥. 이 출판사 문제집 어떤가 보려고."

"나가."

지용이 아무 말도 하지 않고 방문을 열고 나갔다.

책상 위에 앉아 영어 문제집을 들춰봤다. 푼 문제보다 써놓은 욕이 더 많았다. 이걸 다른 사람이 볼 거라는 생각을 왜 못했을까?

"언니, 우리 오빠 언제 나갔어?"

화장실에서 나온 지유가 물었다. 난 잘 모르겠다고 대답했다.
"언니, 저녁 안 먹으러 가? 같이 가자."
"너 먼저 가."
지유는 알겠다며 방에서 나갔다.
지난 4월, 경주로 수학여행을 갔다. 밤 10시가 취침 시간이었지만, 그걸 지키는 아이들은 아무도 없었다. 같은 방을 쓰는 여자아이들은 잠을 자지 않고 여러 가지 게임을 했다. 구구단 게임, 마피아 게임, 그리고 진실 게임. 볼펜을 돌려 펜촉이 가리키는 사람에게 하나씩 질문을 할 수 있었다. 내가 걸렸고, 유지현이 물었다.
"홍희 너, 몸무게 몇 킬로그램이야?"
"진실 게임이잖아. 얼른 말해. 진짜 궁금해서 그래."
"70?"
"75?"
"설마, 어떻게 여자가 75kg이 나가냐? 그건 우리 아빠 몸무게야."
"도대체 몇 킬로그램이야?"
아이들은 자기들끼리 말을 주고받았다. 순간 지진이라도 나서 건물이 무너지면 좋겠다고 생각했다. 허리케인이 불어 건물이 날아가길 바랐다. 하지만 아무 일도 일어나지 않았다. 아이들은 정말 궁금하다는 눈빛으로 내 대답을 기다리고 있었다. 난 내 몸무게에서 5kg을 줄여 말했다. 그런데도 아이들은 깜짝 놀라며 나에게 몇

말라가는 모든 것   155

번씩 진짜냐고 물었다. 그 이후로 더 심해졌다. 종종 화가 나면 공책이나 책에 욕으로 낙서를 했는데, 진실 게임 이후로 더 자주, 더 많이 욕 낙서를 했다. 그걸 엄마가 보게 되었다. 인터넷 악플 사건 때문이다. 어느 날 사이버 수사대에서 집으로 연락이 왔다. 난 연예인 최미리 기사에 댓글을 달았다. 아이돌 가수 겸 배우 최미리의 과거 성형 전 사진이 떴다. 사람들은 최미리 기사에 '인조인간', '오크 같다'라는 댓글을 달았고, 나도 사람들을 따라 댓글을 달았다. 인터넷으로 악플을 달고 나면 마음속에 뭉쳐 있던 것이 날아가는 기분이었다. 욕 낙서를 할 때보다 더 후련했다. 하지만 최미리는 악플 때문에 정신과 치료를 받을 정도로 스트레스를 받았다고 했다. 그제야 내가 큰 잘못을 했다는 걸 알았다. 나도 나를 놀리는 아이들과 다를 게 없었다. 친구들은 내 외모를 가지고 장난을 자주 한다. '뚱땡이', '돼지'라는 말을 아무렇지도 않게 한다. 장난은 거는 사람과 당하는 사람이 모두 재미있는 거고, 거는 사람만 재미있으면 그건 괴롭히는 거다. 친구들이 나에게 장난을 할 때, 나는 하나도 재미없다. 하지만 아이들은 그걸 모른다.

　악플을 지우고 최미리에게 사과 메일을 쓰는 것으로 고소는 이루어지지 않았다. 엄마는 그 사건 때문에 내 노트와 문제집을 뒤졌다. 온통 욕이 쓰여 있는 걸 보고, 진짜 내가 쓴 게 맞느냐고 물었다. 죽이고 싶다는 말과 죽고 싶다는 말도 많이 쓰여 있었다. 난 엉

엉 울면서 '마주리 다이어트 학교'에 보내주지 않으면 정말 죽어 버릴지도 모른다고 말했다. 그래서 엄마와 아빠가 허락한 거다. 낙서를 보지 않았다면 엄마는 날 여기에 보내지 않았을 거다.

여기에 오면 다시는 이런 낙서를 하지 않을 줄 알았다. 하지만 다이어트 스트레스 때문인지, 화를 참지 못하는 일이 자주 생긴다. 배가 고파서 화가 나고, 살이 잘 빠지지 않아서 화가 나고, 나보다 살이 많이 빠진 아이를 봐도 화가 난다.

그러니까 매일매일, 화가 난다.

반란군 주홍희

조회를 하기 위해 소강당에 모였다. 박윤재 선생님 옆에 유선민 선생님 대신 처음 보는 여자 선생님이 있었다. 아이들끼리 누굴까 하고 이야기를 하는데, 원장님이 교단 앞에 섰다. 우리는 큰 소리로 "안녕하세요"라고 인사를 했다. 배가 고파 목소리를 간신히 쥐어짜냈다. 원장님은 작은 소리로 인사하는 것을 싫어한다.

"오늘도 좋은 아침이네요."

속으로 "글쎄요"라고 대답을 했다. 좋은 아침인지 하나도 모르겠다. 배가 고파 자꾸 짜증만 난다. 얼른 조회가 끝나고 아침 식사나 했으면 좋겠다. 하지만 원장님은 오늘도 매일 하는 소리를 똑같이 반복했다.

"여러분이 여기 들어온 지 딱 3주가 지났어요. 그 말은 즉, 앞으로 3주밖에 남지 않았다는 거예요. 그런데 지금 여러분의 모습이 어떻죠? 목표 감량 체중의 50%를 채우지 못한 학생이 훨씬 많아요. 누구라고 꼬집어 이야기하지 않겠지만, 스스로는 알고 있을 거예요. 살을 빼지 못했다는 건, 여러분이 노력하지 않고 게을렀다는 뜻이에요. 이대로는 아주, 아주, 아주 곤란해요. 남은 3주 동안 정신 똑바로 차리지 않으면 여러분은 그 거지 같은 몸을 한 상태로 나가야 한다고요."

원장님의 '거지 같은 몸'이라는 말이 거슬렸다. 내 몸이 돼지에서 거지로 바뀌었다.

"이번 주 금요일에 체중을 잴 겁니다. 만약 목표 체중을 감량하지 못한 학생들이 반 이상 넘으면, 일요일에도 평일처럼 프로그램을 진행할 겁니다."

아이들이 우우, 하고 소리를 질렀다. 원장님은 그렇게 하기 싫으면 일주일 동안 똑바로 하라고 소리쳤다. 일요일까지 운동을 할 생각을 하니 끔찍했다.

"오늘부터 새로 여러분을 담당하게 될 선생님을 소개해줄게요. 한재영 선생님, 앞으로 나와 인사하세요."

박윤재 선생님 옆에 있던 여자가 교단 앞으로 나와 인사를 했다. 원장님은 유선민 선생님이 개인적인 사정이 생겨 학교를 그만두었다고 말했다. 엊그제 만났을 때만 하더라도 유 선생님은 학교를 그만둔다는 말을 하지 않았다. 도대체 무슨 일 때문에 학교를 그만두셨는지 궁금하고 아쉽다. 유선민 선생님은 유일하게 나에게 따뜻하게 대해준 선생님이었다.

아침 식사를 마친 후, 빨래를 하기 위해 세탁실에 왔다. 세탁실에는 아무도 없었다. 원래 주말에 빨래를 해야 했지만, 주말에는 세탁실이 붐빈다. 오전 운동이 시작하기 전에 세탁기를 돌리면, 운동이 끝날 때 즈음에 빨래가 끝나 시간이 딱 맞다. 민아는 세탁 서비스를 신청하여 스스로 빨래를 하지 않아도 된다. 돈을 더 내면 학교에서 세탁을 해주지만, 나는 조금이라도 돈을 아끼기 위해 세탁 서비스를 신청하지 않았다.

세탁기에 세탁물을 넣고 있는데, 세탁실 안으로 지용이 들어왔다. 지용도 지금 빨래를 하려나 보다. 지용과 단둘이 있게 된 건 문제집 사건 이후 처음이다. 난 계속 지용을 피해 다녔다. 지용이 나를 사이코라고 생각할 게 분명하다.

"네가 지유 옷 가져왔다며?"

"응."

난 지용을 쳐다보지 않고 대답했다. 퇴소 허락을 받지 못한 지유는 며칠째 기운 빠진 상태다. 그런 지유가 빨래할 정신이 어디 있을까 싶어, 내가 대신 빨래를 해주려고 가져왔다.

"내가 해주면 되는데."

"내 꺼 하는 김에 하는 거야."

세탁기에 세제를 넣은 후, 전원 버튼을 눌렀다. 세탁기 속으로 물이 들어가는 소리가 들렸다.

욕으로 낙서하는 게 우리 반에서 유행이라고 할까? 그걸 믿을 리가 없다. 그러면 내 동생이 했다고 할까? 홍주를 이상한 사람으로 만들 수 없다. 아니, 내가 왜 이런 고민을 해야 하지? 지용에게 잘 보여서 좋을 게 뭐가 있다고?

"나도 그런 적 있어."

세탁실에서 나가려는데 지용이 말을 걸었다.

"우리 반에 좋아하는 여자애가 있었거든. 그런데 걔가 내가 좋아한다는 걸 알게 된 거야."

난 뒷이야기가 궁금해, 세탁실에서 나가지 않고 세제통을 만지는 척했다.

"다른 여자애가 그애한테 '김지용 어때?'라고 물었거든. 그런데 걔가 뭐라고 말했냐면, 그런 해골바가지 내 스타일 아니야. 뼈에 살이 살짝 발라져 있는 거 같잖아. 난 걔 해골 같아서 싫어."

지용이 여자애의 목소리를 흉내 냈다.

"학교 앞 문구점이었는데, 여자애들은 뒤 코너에 내가 있는 걸 모르고 말한 거였어. 그때 정말 문구점에서 뛰쳐나가 달리는 차에 확 뛰어들어 죽고 싶더라. 여자애들이 날 그렇게 생각하는구나 싶어서. 정말 좋아하는 애한테 그런 소리를 들으니까 나도 싫고, 걔도 싫어지더라."

슬쩍 고개를 돌려 지용의 얼굴을 쳐다보았다. 어딘지 모르게 씁쓸해 보였다.

"지유 빨래해줘서 고마워. 다음엔 네 빨래 내가 대신 해줄게."

지용이 고맙다며 말했다.

"됐어."

"왜? 내가 해줄게. 다음에 빨래할 때 꼭 나한테 말해."

"됐다니까."

지용이도 참 눈치가 없다. 부끄럽게 남자가 여자 옷을 어떻게 세탁해준다는 거야? 속옷도 있는데 바보 같긴.

"참, 지난번에 네가 읽으라고 했던 책 재밌었어."

화제를 바꾸기 위해 책 이야기를 꺼냈다. 지용이 추천했던 『뚱보, 내 인생』은 꽤 재미있었다. 주인공 벵자멩이 나와 비슷하게 뚱뚱한 아이여서 그런지 공감이 많이 갔다. 무엇보다 무조건 살을 빼지 말라는 비현실적인 내용이 아니어서 좋았다. 벵자멩은 좋아하는 여자애가 생기는 바람에 다이어트를 시작하는데, 몇 번의 실패를 거친 후 자기 몸을 사랑하면서 제대로 된 다이어트를 하게 된다. 나도 벵자멩처럼 진짜 건강한 다이어트를 하고 싶은데 그게 생각만큼 쉽지 않다. 벵자멩처럼 좋아하는 사람이 생기면 가능해질까?

"내가 원래 재밌는 것만 추천해."

지용이 꼭 지유처럼 말했다. 잘난 척하듯 말하지만, 몸이 너무 가냘파 절대 잘난 척처럼 보이지 않는 말투와 몸짓. 하지만 요 며칠간 지유는 저런 모습을 보이지 않고 있다.

"근데 지유 어떻게 해?"

"모르겠어. 걔가 워낙 고집이 세서 괜찮아질까 싶어."

"그럼 지유 밥도 남기고 그래?"

"아니, 그렇진 않아. 벌점 안 쌓이려고 노력하고 있어. 독방에 두 번 다시 가기 싫대."

지유에게 독방이 어땠느냐 물어보지 못했다. 독방 이야기만 꺼내도 지유가 바들바들 떨어 물어볼 수 없었다.

"넌 여기 있을 만해?"

"나? 뭐 힘들긴 하지만 어쩔 수 없지 뭐."

내가 버틸 수밖에 없다고 대답하자, 지용은 내가 왜 그렇게 살을 빼려고 하는지 모르겠다는 말을 했다.

"당연히 예뻐지고 싶으니까 그렇지. 너도 그래서 여기 온 거 아니야?"

"난 건강해지려고 온 건데?"

"하여튼 그게 그거지 뭐."

지용이 내숭 떠는 여자애처럼 느껴졌다. 우리 반에 공부를 아주 열심히 하는 애가 있다. 걔는 시험 때가 되면 자기는 시험 점수를 잘 받기 위해서가 아니라, 공부가 재미있어서 공부하는 거라는 말도 안 되는 소리를 했다.

"근데 내가 잘못 생각한 것 같아. 여긴 건강과는 상관없는 곳 같아."
"난 건강은 상관없어. 건강 안 해도 되니까 살만 빠졌으면 좋겠어."
"왜?"
"예쁘지 않은 건 죄야. 뚱뚱하고 못생긴 사람은 사람 취급도 못 받는다고."
"왜?"

지용이 다섯 살 꼬마처럼 굴었다. 말의 재미를 느낀 아이들이 말끝마다 '왜?', '왜?'라고 묻는 것처럼, 지용도 계속 대화의 꼬리를 잡고 늘어졌다.

"나도 뚱뚱하지만 뚱뚱한 사람 싫어. 너도 마찬가지잖아. 너도 너처럼 비쩍 마른 사람 싫을 거 아냐."
"너, 되게 무섭다."

지용이 나를 쳐다보며 말했다. 지용의 표정이 기분 나쁘다. 내가 피자를 먹는 걸 보고, 준혁이도 저런 표정을 지었다. 엄마 친구의 아들인 준혁이는 한때 내가 좋아했던 남자애다. 우리 가족과 준혁의 가족은 종종 만나 식사를 했는데, 어느 날 다 같이 모여 피자를 먹으러 갔다. 그 피자는 아주 맛있었고, 나는 아주 맛있게 피자를 먹었다. 패밀리 사이즈의 피자 두 조각을 먹고, 피자가 너무 맛있어 한 조각을 더 가져와 먹었다. 하지만 준혁이는 그런 나를 보고 혐오스럽다는 표정을 지으며, "돼지"라고 조용하게 혼잣말을 했다. 다른 사람은 듣지 못했지만, 나는 그 말을 똑똑히 들었다. 준혁이가 나에게 상처 주기 위해 그 말을 한 게 아니라는 걸 안다. 준혁이는 자기가 속으로 생각한 걸 자기도 모르게 소리 내어 말했을 뿐이다. 하지만 난 그 말이, 그 표정이 두고두고 머릿속에 남아 절대 잊히지 않았다.

"야, 김지용. 네가 뭘 아는데? 최소한 사람들은 널 한심하게 보지 않잖아."

지용에게 버럭 화를 냈다. 그래도 지용은 나를 조금 이해할 줄 알았다. 자기도 비쩍 말라 고생했을 테니까. 하지만 지용과 나는 근본부터가 다르다. 마른 사람은 놀림의 대상이 될 수는 있지만, 혐오의 대상은 아니다. 난 세탁물을 담아 온 통을 들고 세탁실 문 쪽으로 걸어갔다.

"주홍희, 왜 그렇게 너 자신을 하찮게 여겨? 너도 충분히 귀엽고 예뻐."

지용이 내 등에 대고 말했다. 난 마음에도 없는 소리 집어치우라고 말하며 세탁실 문을 열고 나왔다.

식사 양이 확실히 줄었다. 첫째 주에 먹던 양의 반밖에 주지 않는다. 밥의 양은 조금씩, 서서히, 그리고 꾸준히 줄어들고 있다. 그렇기에 잘 모를 법도 하겠지만, 식사 양은 우리에게 아주 예민한 문제다. 저녁을 먹지 못하는 민아는 아침, 점심을 이렇게 조금 주고 어떻게 저녁까지 굶게 할 수 있느냐며 울분을 토했다.

"나, 이러다가 쓰러지는 거 아닐까 몰라."

민아는 이번 주말에 있을 체중 체크를 앞두고, 운동도 아주 열심히 하고 있다. 다음 주부터는 어떻게든 저녁을 먹기 위해서다. 주말까지 3kg을 빼지 못하면, 민아는 다음 주에도 저녁을 먹지 못한다. 저녁 금식은 잔인하지만, 그만큼 효과적이다. 운동이 하기 싫을 때면 저녁 금식을 떠올린다. 그러면 저절로 운동이 된다.

밥 한 숟가락과 두부조림이 조금 남았다. 민아의 식판을 보니 깨끗이 비워진 상태다. 난 주위 아이들이 듣지 못하도록 작은 목소리로 민아에게 말했다.

"이거 먹을래?"

내 식판을 가리키며 말했다. 잠시 고민하던 민아가 고개를 저었다.

"괜찮아. 너 먹어야지. 그리고 나 살 빼야 하잖아."

민아가 고개를 돌렸고, 난 남은 밥과 두부조림을 먹었다.

개수대에 식판을 두고 식당을 나서는데, 민아가 내 팔짱을 꼭 끼었다.

"고맙다, 홍홍. 날 위해 음식을 나눠 줄 생각을 다 하고. 너의 우정에 감동했어."

"내가 또 한 의리 하잖아."

난 어깨를 으쓱하며 말했다.

"홍홍아, 꼭 전쟁이 일어난 거 같아."

"왜?"

"전쟁이 일어나면 먹을 게 없잖아. 옛날에 우리나라도 그랬다며? 육이오 때 먹을 게 없어서 막 쌀 한 공기로 온 가족이 죽 쑤어서 먹고 그랬다고 하잖아. 난 아무리 할머니, 할아버지가 그런 말을 해도 상상이 가지 않았어. 근데 이젠 배고픔이 뭔지 알겠어."

"난 아프리카의 굶주린 아이들이 생각나. 걔네 엄청 배고플 거야. 그치?"

"우리 여기 기아 체험 하러 온 것 같아."

민아의 말에 내가 웃었고, 민아도 나를 따라 웃었다. 그런데 왜 웃고 있어도 눈물이 날 것 같은 기분인지 모르겠다.

식사를 마친 후 휴게실로 내려왔다. 휴게실에는 아이들이 꽤 많이 모여 있었다. 플러스 팀은 식사 중인지, 마이너스 팀 아이들만 열 명 정도 있었다. 처음과 달리 아이들은 방에서 쉬는 것보다 나와 있기를 더 좋아했다. 새미 언니는 보이지 않았다. 휴게실에 아이들이 많아지자, 새미 언니는 훌라후프를 하지 못했다. 아이들이 가득한 곳에서 훌라후프를 하는 건 불가능하기 때문이다. 나와 민아는 빈자리를 찾아 앉았다.

"배고파."

누군가 그 말을 했고, 연이어 아이들이 "나도", "나도"라고 말했다. 배고프다는 말은 전염이 되어 휴게실을 한 바퀴 돌았다. 꼭 우리가 돌림노래 합창을 하고 있는 것 같았다.

아이들은 식사량이 줄어든 것에 대해 한마디씩 했다. 역시 나와 민아만 느낀 게 아니었나 보다. 아이들은 이러다가 양이 더 줄어들면 어떻게 하느냐며 걱정을 했다.

"배고파서 운동 못하겠어."

"난 죽을 것 같다고. 점심 먹은 거 이미 다 소화됐어."

초등학교 3학년인 윤아가 울먹이며 말했다. 배가 너무 고프다면서 말이다.

"엄마한테 전화해서 말했는데, 엄마가 어쩔 수 없대. 살 빼려면 적게 먹어야 한다면서 혼나기만 했어."

이번엔 현민이가 말했다.

"원장님한테 말해야 하는 거 아니야? 우리 배고파 죽겠다고."

"그래, 그게 좋겠다. 이러다가 우리 다 죽을지도 몰라."

휴게실에 있던 아이들이 방방 뛰기 시작했다. 아이들은 원장님에게 직접 말을 해야 한다고 의견을 모았고, 나와 민아는 아이들이 하는 말을 가만히 듣기만 했다. 괜히 흥분해서 좋을 건 없다. 배만 더 고플 뿐이다.

"그럼 누가 말하지?"

"글쎄?"

초딩들이 정말 원장님에게 말을 하려나 보다. 난 민아의 귀에 대고 "쟤들이 아직 배가 덜 고픈가 봐"라고 말했다. 민아는 내 말에 동의한다는 듯 고개를 끄덕였다.

"언니!"

갑자기 윤아가 나와 민아를 가리켰다. 아이들의 시선이 우리 쪽으로 모아졌다.

"언니들이 가서 대표로 말해요."

"우리들이?"

"네. 언니들은 중학생이잖아요."

윤아는 '중학생'을 유독 강조하여 발음했다. 주위를 둘러보았다. 여기에서 중학생은 나와 민아밖에 없다. 새미 언니가 없기에 우리는 이 중에서 가장 나이가 많았다.

"홍희 언니랑 민아 언니가 대표로 갔다 와요."

"원장님 1층에 있어요."

분위기가 이상하게 흘러갔다. 왜 고양이 목의 방울을 내가 달아야 하는 거지? 아무래도 이건 아닌 것 같다. 난 아이들을 달래기 시작했다.

"얘들아, 조금 침착하게 생각해보자. 식사 양이 줄어든 건 다 뜻이 있어서일 거야. 우리가 살을 많이 못 뺐으니까 어쩔 수 없는 거라고."

난 팔로 민아의 옆구리를 쳤다. 민아도 아이들을 달랬다.

"그래. 너희들 괜히 흥분하지 마. 그럼 배만 더 고파진다고."

나와 민아는 일어서서 아이들에게 설명을 했다. 긁어 부스럼이라고, 괜히 식사 양을 늘려달라고 했다가 식사 양이 더 줄어들지도 모른다. 하지만 아이들은 더 이상 참을 수 없다며 원장님에게 말을 해야 한다고 했다. 그러면 너희들이 직접 말하지 왜 나보고 하라는 거야? 하는 말이 목 위까지 올라왔다. 하지만 초딩들 앞에서 비겁한 모습을 보이긴 싫었다.

"누나들, 부탁해요. 누나들은 중학생이잖아요. 우리는 그런 말 못해요."

현민이가 애처로운 눈빛을 하며 나를 쳐다보았다. 집에 있을 홍주가 떠올랐다. 현민이를 보면 홍주가 떠오른다.

"그, 그래. 내가 말하고 올게."

민아가 무슨 헛소리를 하느냐며 내 팔을 잡아당겼다. 하지만 이미 말을 내뱉은 후였다. 난 민아 손을 잡았다. 민아가 손을 빼려고 해서 더욱 힘을 주었다.

아이들이 지켜보는 가운데, 2층 현관문에 있는 인터폰을 들었다. 관리실 아줌마가 전화를 받았고, 난 원장님과의 면담을 요청했다.

잠시 후, 2층 현관문이 열렸다. 관리실 아줌마가 우릴 데리러 온 줄 알았지만, 문을 열고 들어온 사람은 원장님이었다.

"그래, 무슨 일이니?"

"그게, 저기."

원장님을 보니 기가 죽었다. 지난번 워터파크에 왜 가지 않느냐고 물었을 때, 원장님은 설명을 가장한 설교를 조목조목 늘어놓았다. 하지만 아이들이 나를 쳐다보고 있는 게 보였다. 아이들의 눈빛이 나를 잔 다르크로 만들었다. 나는 눈을 딱 감고 원장님에게 말했다.

"원장님, 식사 양이 처음과 달리 줄어든 것 같아요. 양이 너무 부족해요. 식사 양을 원래대로 늘려주세요."

잔 다르크치고는 목소리가 매우 작았다. 하지만 내 말이 끝나자, 휴게실에 있던 아이들이 일제히 "늘려주세요!"라는 말을 했고, 조금 기운이 났다. 난 아이들과 함께 식사 양을 늘려달라고 다시 한 번 강력하게 말했다. 휴게실이 시끌벅적해지니, 방에 있던 아이들이 나와 휴게실 쪽으로 나왔다.

"조용!"

원장님이 소리를 질렀고, 아이들은 외치던 것을 멈추었다.

"너희들이 열심히 운동하지 않았기 때문에 식사 양이 줄 수밖에 없단다. 조회 시간에도 분명히 말했지? 목표 체중에 미치지 못하는 아이들이 훨씬 더 많다고."

"하지만 다 그런 건 아니잖아요. 목표 체중을 감량한 아이들도 많다고요."

"그럼 저녁부터 목표 체중을 감량한 아이들과 감량하지 못한 아이들을 나누어서 식사할래? 여기 있는 아이들 중에 과연 목표 체중에 도달한 아이들이 몇 명이나 될까?"

원장님이 우리를 노려보며 말했다. 원장님이 미녀가 아닌, 마녀처럼 보였다. 책자와 인터넷 소개에 나와 있는 것과는 너무 다르다. 과학적이고 체계적인 방법이라고 했지만, 전혀 그렇지 못하다. 식사 양을 계속 줄이기만 하고, 일요일에 쉬지도 않다니, 이건 말도 안 된다.

"규칙과 다르잖아요. 일주일에 한 번은 푹 쉬게 해준다고 했고, 굶는다는 이야긴 없었어요. 프로그램 소개와 다르잖아요."

난 증거를 들이대며 말했다. 지난번처럼 원장님에게 KO당할 수는 없었다.

"그리고 영어 회화 시간도 그래요. 저희는 영어 공부도 하러 온 건데, 그렇게 일방적으로 바꾸시면 어떻게 해요?"

전세가 내 쪽으로 기울어졌다. 물론 영어 회화를 하지 않는 건 나쁘지 않았다. 하지만 휴게실에서 새미 언니가 말하는 것을 들어 보니, 원래 영어 회화는 2주만 진행되는 거였다. 새미 언니가 작년 여름과 겨울에 들어왔을 때도 그렇게 했고, 새미 언니 친구가 왔던 재작년 여름방학에도 그렇게 했다는 이야기를 들었다. 원어민 교사에게 주는 월급을 줄이기 위해, 트레이너 선생님이 가르칠 수 있는 댄스 교습이 회화 대신 들어가는 거였다.

"그건 너희들이 동의한 거잖아. 서명했던 거 기억 안 나?"

종이 쪼가리가 내 발목을 잡았다. 이번에는 일요일 체험학습을 이야기했다.

"체험학습 안 가는 건 저희가 동의한 게 아니에요."

원장님은 '그래, 이야기 다 끝났니?'라는 표정을 짓더니, 피식 웃었다.

"그 아래 나온 거 못 봤니?"

"네?"

원장님이 인터폰을 들어 관리실 아줌마에게 프로그램 책자를 가져오라고 지시했고, 곧바로 관리실 아줌마가 프로그램 책자를 가져왔다.

"자, 봐봐."

원장님은 내 팔목을 잡아끌더니 책자를 보라며 가리켰다. 프로그램 일정 아래 아주 작은 글씨가 적혀 있었다.

"읽어봐!"

원장님은 내게 큰 소리로 지시했다. 내가 읽지 않고 있자, 원장님이 다시 한 번 읽으라고 소리를 질렀다.

"얼른 읽으라니까!"

난 원장님의 눈치를 보며 글씨를 읽었다.

"상기 일정은…… 사정에 의해…… 변동될 수 있습니다."

더 이상 할 말이 없었다. 이렇게 되어 버리면 규칙에서 벗어나는 건 아무것도 없었다.

"너희들, 똑바로 들으렴. 여길 거쳐 나간 아이들은 많아. 하지만 그 아이들은 나간 후에 아무도 이의를 제기하지 않았어. 왜 그랬을 것 같니? 걔들은 다 원하는 몸무게에 도달해서 나갔기 때문이야. 결과가 좋으면 다 좋은 거야. 지금은 불만이 있겠지만, 너희들도 나한테 고마워할 거라고."

원장님이 나긋나긋한 목소리로 말했다. 그런데 갑자기 원장님의 목소리가 빠르고 날카롭게 변했다.

"이 불만 덩어리들! 세균 덩어리들! 돼지 새끼들! 정신 차려! 그만 좀 꿀꿀대라고! 원래 낙오자들일수록 말이 많은 거야. 너희 같은 사람은 늘 불만에 가득 차 있고, 항상 그 상태야. 그런 마음가짐으로는 절대 살을 뺄 수 없어! 불만이 많은 자는 절대 성공 못한다고! 알았어?"

우리는 아무 대답도 하지 않았다.

"알겠냐고, 이 돼지 새끼들아?"

원장님이 우리에게 대답을 강요했고, 아이들은 마지못해 "네"라고 대답을 했다.

"주홍희, 넌 태도 불량으로 벌점 15점이야."

"네?"

"자, 그럼 총 벌점이 얼마지?"

"20점이요."

난 고개를 푹 숙인 채 대답했다. 지난주에 두통 때문에 요가 수업을 무단으로 빠졌고, 벌점 5점을 받았다.

"주홍희는 독방행이구나. 그런데 너희들이 알고 있는지 모르겠구나."

원장님이 또 무슨 말을 하려는가 싶어 쳐다보았다.

"마이너스 팀은 독방에서 식사가 없어. 독방에서는 운동을 하지 못하니까, 그만큼 열량 소비가 줄겠지? 운동을 못하는 대신 식사가 없다. 자, 그럼 가자."

원장님이 내 팔을 움켜잡은 채, 나를 데리고 현관문을 열었다. 고개를 돌려보니, 아이들은 입을 벌린 채 아무 말도 못하고 끌려가는 나를 쳐다보고 있었다.

이 건물에 지하가 있다는 사실을 오늘 처음 알았다. 독방은 지하에 있었다.

방 안에는 작은 침대 외에는 아무것도 없다. 벽에 장식물조차 없다. 그리고 문은 굳게 걸어 잠겨 있다. 원장님은 이곳에 나를 가둔 후, 24시간 뒤에 보자는 말을 남기고 떠났다. 침대 위에 누워 자다가 깼다를 반복했다. 여기 온 지 여섯 시간밖에 안 되었고, 앞으로 열여덟 시간을 더 견디어야 한다.

배에서 꼬르륵 소리가 난다. 밤 8시가 지났지만 저녁을 먹지 못했다. 목이 마르지만, 여긴 물도 없다. 원장님은 정말 내게 식사를 주지 않을 생각인가 보다. 아마 내일 아침도, 점심도 굶어야 하겠지? 내가 독방에 오게 될 줄은 몰랐다. 같은 방을 쓰는 지유를 보고도, 나는 독방에 올 일이 절대 없을 거라 생각했다. 학교는 왜 독방을 만든 걸까? 우리는 벌을 받기 위해 여기 온 게 아니다.

춥다. 여름인데도 불구하고 지하라서 그런가 보다. 몸이 으스스하고 떨려 온다. 난 침대 위에 누워 이불을 목 위까지 올려 덮었다.

잠이라도 자면 좋을 텐데, 잠도 오지 않고 있다. 여긴 너무 답답하고, 두렵고, 무섭다. 차가운 회색 벽과 철제 침대. 몸이 벌벌 떨린다. 정신병원을 개조해서 만들었다는 새미 언니의 말이 떠올랐다. 설마, 평생 여기에 갇혀 있게 되면 어쩌지? 원장님이 나를 너무 미워해 평생 문을 열어주지 않는다면? 그리고 우리 집에는 내가 등

산을 하다가 실종되었다고 거짓말을 할지도 몰라. 난 아무것도 먹지 못한 채 여기에서 미라처럼 말라죽겠지.

침대에서 벌떡 일어났다. 그리고 문 쪽으로 가서 문을 두드렸다.

"문 좀 열어주세요. 제발요. 제발요!"

주먹으로 문을 쾅쾅 쳤다.

"잘못했어요. 앞으로 다신 안 그럴게요. 제발 좀 열어주세요!"

크게 소리를 지르며 문을 두드렸다. 아무리 두드려도 바깥에서는 아무 반응도 없었다. 갑자기 울음이 터져나왔다.

"문 좀, 문 좀 열어주세요. 무서워 죽겠다고요."

한참 문을 두드리다가 바닥에 주저앉았다. 집에 있었다면, 엄마가 해 준 맛있는 요리를 먹고 가족들과 다 같이 소파에 앉아 TV를 보며 웃고 있었을 거다. 그런데 내가 지금 뭐 하고 있는 거지? 내가 여기에 이러려고 온 걸까? 지하 독방에서 물 한 방울 마시지 못하고 있으려고? 도대체 내가 뭘 잘못했다고? 아니, 잘못을 조금 하긴 했지만 여기 갇힐 정도로 잘못하지 않았다. 지유도 마찬가지였다. 지유도 단지 오이를 먹지 못해 먹지 않았을 뿐이다.

나는 살을 빼려고 여기에 왔지, 고통을 받기 위해 여기에 온 게 아니다. 원장님은 우리에게 "돼지 새끼들"이라고 부르며, 우리에게 대놓고 "니들도 인간이니?"라는 말을 한다. 그 말을 할 때 원장님의 표정은 정말 끔찍하다. 우리를 정말 더러운 똥 보듯이 보며 그 말을 한다. 원장님은 그렇게 해야만 우리가 자극받아 살을 뺀다고 했지만, 우리는 상처받을 뿐이다. 우리에게 심한 말을 하는 원장님보다 더 무서운 건, 처음에는 그 말에 화를 내던 아이들이 시간이 지나면서 그 말을 당연하게 받아들인다는 사실이다.

작년 어떤 개그맨이 "영혼이 모욕당하는 기분이에요"라는 말을 유행시켰다. 여자 개그맨은 별거 아닌 일에 과장되게 흥분하며 그 말을 했고, 반 아이들은 그 말을 따라 했다. 수업 시간에 선생님이 3반인 우리 반을 2반이라고 말했을 때, 친구들끼리 별명을 불렀을 때, 아이들은 여자 개그맨의 유행어를 따라 하며 낄낄댔다. 그때는 그 말의 의미를 잘 알지 못했다. 하지만 지금, 그 말이 어떤 의미를 갖고 있는지 알겠다.

다시는 그 말을 하며 웃지 못할 것 같다.

결심

문이 열렸다. 꼭 24시간 만이다. 문을 열어준 건 관리실 아줌마였다.

"괜찮니?"

난 아무 대답도 하지 않았다. 지금 내가 괜찮은지 아닌지 나도 잘 모르겠다. 24시간은 2.4시간만큼 짧았고, 또 240시간만큼 길었다. 침대 위에 누워 아무것도 하지 않고 있었으니 시간이 짧았지만, 그 대신 시간이 흐르는 것만 지켜보고 있을 수밖에 없을 만큼 시간은 길었다.

아줌마와 함께 2층 계단이 있는 곳으로 가고 있는데, 원장이 소리를 지르며 내가 있는 쪽으로 다가왔다. 내가 또 무슨 잘못을 한 건가 싶어 심장이 뛰었다.

"너, 일을 이따위로 처리하면 어떻게 해?"

원장이 관리실 아줌마 얼굴에 서류를 던졌고, 아줌마 얼굴을 맞고 떨어진 서류가 바닥에 떨어졌다. 아줌마가 바닥에 주저앉아 서류를 주워들었다.

"학교 말아먹으려고 작정했어? 왜 네 마음대로 과일 구입을 해? 요즘 체리 단가가 얼마나 비싼지 몰라?"

"하지만 언니, 아이들이 먹고 싶다고 써냈잖아."

아줌마가 언니라고 부르는 걸 보면, 소문대로 정말 아줌마가 원장의 여동생이 맞나 보다. 원장은 아줌마의 말에 아랑곳하지 않고 계속 화를 냈다.

"애들이 해달란다고 다 하면 우리는 뭐로 장사해? 그게 네 돈이야? 응? 네 돈이냐고?"

원장이 길길이 날뛰며 말했다.

"네 남편 사업 망한 거 불쌍해서 내가 너 돈이라도 좀 벌게 해주려고 관리 일을 맡겼는데, 이따위로 할 거야, 응? 너 잘리고 싶어?"

원장의 눈에서 칼침이라도 튀어나올 것 같았다.

"미안해, 언니. 앞으로는 언니랑 상의해서 할게."

"똑바로 좀 해, 똑바로! 이 병신 같은 걸 내가 데리고 있다니. 아휴."

원장은 관리실 아줌마가 주운 서류를 뺏어 다시 바닥에 던진 후, 또각또각 구두 소리를 내며 원장실 쪽으로 걸어갔다.

"아줌마, 괜찮으세요?"

난 서류를 같이 주우며 물었다. 아줌마는 아무 대답도 하지 않았다. 분명 아줌마도 자기가 괜찮은지 아닌지 잘 모르는 상태일 것이다.

"원장님 정말 너무하세요. 어떻게 다 큰 여동생한테 그러실 수 있으세요."

내가 원장에게 당한 것처럼 화가 났다. 학생이 보는 앞에서 어떻게 여동생에게 그럴 수 있지? 원장은 정말 나쁜 여자다. 한때 원장을 존경하고 닮고 싶다고 생각한 내 자신이 미워질 정도다.

"할 수 없지 뭐. 언니 말이 틀린 것도 아니니까."

아줌마가 고개를 푹 숙인 채 대답했다.

"유선민 선생님처럼 쫓겨나기 싫으면 참아야지 뭐."

"쫓겨나다니요? 유선민 선생님이 쫓겨난 거예요?"

"아, 그게."

아줌마가 당황하여 말을 제대로 하지 못했다. 아줌마를 연이어 곤란하게 만들고 싶지 않았다.

"아무한테도 말 안 할게요."

"실은 말이지."

아줌마는 유선민 선생님이 원장한테 대드는 바람에 쫓겨났다고 말해주었다. 유선민 선생님은 프로그램 운영이 아이들을 힘들게 하는 것 같다는 말을 했고, 원장은 유선민 선생님을 무 자르듯 잘

라버렸다는 것이다. 유선민 선생님이 쫓겨났다니, 간신히 참은 화가 또다시 났다.

2층으로 올라왔다. 마이너스 팀 아이들이 운동하고 있는 시간이라, 휴게실에는 플러스 팀 아이들만 있었다.

"홍희야, 괜찮아?"

지용이 나를 봤는지 휴게실에서 나왔다. 난 그렇다고 고개를 끄덕였다. 원래 대답을 하려고 했지만, 배가 고파 기운이 없었다. 난 저녁 시간이 될 때까지 쉴 요량으로 방으로 갔다.

지유가 도서관에 갔는지 방은 비어 있었다.

침대에 눕는데 방문을 두드리는 소리가 났다. 도저히 일어날 기운이 없어 "누구세요?"라고 물었다.

"나야, 지용이. 들어가도 돼?"

"응. 문 열고 들어와."

방으로 들어온 지용은 요구르트와 빵을 들고 있었다.

"이게 뭐야?"

"너 24시간 굶었다며? 배고플 테니까 먹어."

지용이 침대 위에 요구르트와 빵을 내려놓으며 말했다.

"이거 어디서 났어?"

"간식으로 나온 건데 안 먹었어."

"너희 간식 안 먹으면 혼나잖아. 숨기는 거 안 들켰어?"

"응. 그럼 나 나갈 테니까, 문 잠그고 먹어."

침대 이불 속에 요구르트와 빵을 숨긴 후, 지용과 함께 방문 쪽으로 갔다. 난 지용이 나간 후 문을 잠갔다.

이불 속에서 요구르트와 빵을 꺼냈다. 이걸 먹어야 하나 말아야 하나 고민이다. 여기 들어온 이후, 요구르트도, 빵도 단 한 번도 먹지 못했다. 24시간을 굶어 배도 무척 고프고, 저녁 시간까지는 아직 세 시간이 남았다. 그러나 이걸 먹게 되면 다 살로 갈 것이다. 요구르트와 빵 봉지에 적힌 칼로리를 보았다. 요구르트는 80kcal이고, 빵은 250kcal이다. 합치면 330kcal이다. 지용에게는 미안하지만, 이걸 먹을 수는 없다.

난 요구르트와 빵을 열쇠가 달린 트렁크 가방에 넣었다.

저녁 요가가 끝난 후, 집에 전화를 하기 위해 1층으로 내려왔다. 집에 전화를 걸자, 엄마가 받았다.

"홍희야, 잘 있어? 아픈 데는 없고? 괜찮아?"

엄마는 전화를 할 때마다 호들갑이다.

"괜찮아. 다들 잘 있지?"

"응. 아빠는 오늘 회식 있어서 집에 없어. 너한테 전화 온 줄 알면 서운해 죽을 거다."

"다음에 통화하면 되지."

"우리 딸 정말 대단해. 트레이너 선생님이 그러는데 너 몸무게가 8kg이나 빠졌다며? 정말 훌륭해, 우리 딸."

엄마에게 말하고 싶었다. 어제 독방에 갇힌 일, 그리고 24시간을 굶은 일. 하지만 나를 자랑스러워하는 엄마에게 벌을 받아 독방에 갔다는 이야기를 차마 할 수 없었다.

"잠깐만. 홍주가 바꿔달라고 난리다."

홍주가 전화를 받더니, "누나!" 하고 소리쳤다.

"누나, 언제 와?"

"아직 멀었어."

"누나, 배 안 고파?"

"응."

거짓말이다. 저녁을 먹었지만, 이미 다 소화가 되어버린 후라 배가 무척 고프다. 하지만 괜히 가족들이 걱정할까 봐 사실대로 말할 수 없었다.

"저기, 누나."

갑자기 홍주가 목소리를 낮췄다.

"누나, 가방 옆 주머니에 내가 크림캐러멜 넣어놨어. 배고프면 그거 먹어."

"알았어. 그럼 다음에 또 전화할게. 끊어."

아무렇지 않은 듯 전화를 끊었지만, 갑자기 가슴이 쿵쾅대기 시작했다. 혹시 관리실 아줌마가 전화 내용을 들었으면 어쩌지? 아줌마의 표정을 살폈지만 아무렇지 않았다. 아줌마는 계속 텔레비전을 보고 있었다.

"저, 올라갈게요."

아줌마가 텔레비전 전원을 끄고, 나를 데리고 관리실에서 나왔다.

"혹시 전화 통화하는 거, 녹음돼요?"

"왜? 학교에서 들으면 안 되는 말이라도 했어?"

"아니요."

나는 손을 저으며 절대 아니라고 말했다.

"그런 걸 귀찮게 왜 하냐?"

아줌마의 말이 거짓말인 것 같지는 않았다.

"그럼 안녕히 주무세요."

난 상냥하게 인사를 하고 2층 문을 열고 들어왔다.

방에 와보니, 지유는 피곤한지 먼저 잠들어 있었다. 난 문을 잠근 것을 확인한 후, 가방 옆 주머니를 열었다.

있다! 홍주가 말한 캐러멜이 있다!

난 조심스럽게 캐러멜을 꺼냈다. 얼마나 단 게 먹고 싶었는지 모른다. 캐러멜 포장지를 벗겨 냈다. 캐러멜이 녹아 포장지를 벗기는 게 쉽지 않았다.

캐러멜을 입에 넣었다. 달다. 아주 달다. 혀로 캐러멜을 아껴 녹여 먹고 있는데 눈물이 났다. 홍주가 보고 싶기도 했지만, 캐러멜이 작아지는 게 더 슬펐다. 홍주와 엄마, 아빠는 잘 있을까?

중학교에 들어간 이후, 친구들을 집에 데려온 적이 한 번도 없다. 요리하는 걸 좋아하는 엄마는 친구들을 데려오라고 했지만, 난 친구들이 바빠서 안 된다고 했다. 친구들이 우리 가족을 보고 돼지 가족이라고 생각할까 봐서다. 가족들이 부끄러웠다. 아빠도 좋고, 엄마도 좋고, 홍주도 좋았지만 부끄러운 건 부끄러운 거였다. 친구들이 우리 가족을 볼까 봐 일부러 외식을 할 때도 멀리 가서 하자고 했다.

뚱뚱한 건 다 싫었다. 뚱뚱한 아빠도, 엄마도, 홍주도. 엄마는 내게 왜 그렇게 살을 빼려 하느냐고 물었다. 난 뚱뚱하면 결혼도 못 할 거라고 했고, 엄마는 자기를 보라며, 아빠와 결혼해서 잘 살지 않느냐고 말했다.

"난 아빠처럼 돼지 같은 남자랑은 절대 결혼하고 싶지 않아!"

내 말을 듣고 아빠는 껄껄 웃기만 했다. 아빠한테 어떻게 그런 말을 할 수가 있지? 미안해, 아빠. 그리고 보고 싶어, 나의 빅 패밀리.

배가 고프다. 배가 고파 죽겠다. 캐러멜이 잊고 있던 모든 기억을 떠올리게 해주었다. 난 트렁크 가방에서 아까 낮에 지용이 주었던 빵과 요구르트를 꺼냈다. 빵 봉지를 꺼내 한입 베어 물었다.

방송에 나와 늘씬한 몸매를 뽐내는 마주리 원장을 보고, 그 마주리 원장이 만든 다이어트 학교 홈페이지와 그곳에 다녀온 아이들의 수기를 보고, 너무나 이곳에 오고 싶었다. 이곳이 천국에 가는 티켓을 끊어주는 매표소인 줄 알았다. 여기에 와서 살만 빼면, 나는 세상에서 가장 행복한 사람이 될 줄 알았다. 세상 부러울 게 아무것도 없을 것 같았다. 하지만 착각이었다. 지금 내 몸무게는 71kg이다. 여기 와서 24일 동안 8kg을 감량하였다. 이대로 퇴소 날까지 있으면 목표로 적어냈던 64kg에 도달할 수 있을지도 모른다. 그런데 계속 이곳에 있으면, 나는 세상에서 가장 불행한 사람이 되고 말 것이다. 내 몸은 에뻐지겠지만, 내 마음은 미워질 거다. 여기에서 나가 또다시 살이 찌면, 나는 자신을 세상에서 가장 끔찍한 돼지 취급을 하며 미워할 거다. 그리고 스스로를 미워하고 저주하며 살을 빼겠지? 그게 어떤 건지도 모르고 말이다.

숨이 막힌다. 마주리 원장의 설교를 가장한 욕을 듣는 것도, 점점 줄어드는 식사량을 체크하는 것도, 토할 때까지 운동하는 것도, 건물에 갇혀 바깥에 마음대로 나갈 수 없는 것도 다 싫다. 모든 게 다 진저리가 난다.

더 이상 이곳에 있고 싶지 않다. 나는 여기를 나갈 것이다.

플랜 E

이곳에서 나가고 싶다고 말했지만 엄마는 안 된다고 했다. 엄마는 아주 단호했다. 전화로 통사정을 했지만, 엄마는 18일 뒤에 보자는 말을 하고 전화를 끊었다. 난 관리실 아줌마에게 부탁하여 다시 한 번 전화를 했다.

"홍희야, 조금만 참아. 너 지금 나오면 후회할 거라고. 선생님이 그러는데 너 지금처럼만 계속하면 64kg 될 수 있대."

"싫어, 엄마. 나 정말 여기 있고 싶지 않아."

"힘들어서 그래? 엄마도 네 마음 다 알아. 그래도 지금 네가 나오면 평생 나 원망할 거잖아."

"아니야, 엄마. 절대 엄마 원망 안 할게."

"안 돼. 그럼 다음에 또 통화하자."

엄마가 전화를 끊었다. 여기 들어오기 전, 내가 약한 마음을 먹고 다이어트에 실패할까 봐, 어떤 일이 있더라도 내가 나오는 걸 허락하면 안 된다고 엄마에게 신신당부했다. 만약 내가 나오는 걸 허락하면 평생 엄마를 원망하고 미워할 거라고 했다. 그 말이 내 발목을 잡을 줄 몰랐다. 이곳은 부모님의 허락이 없으면 나갈 수 없다.

"엄마가 허락 안 하시겠대?"

관리실 아줌마의 물음에 나는 고개를 끄덕였다. 아줌마도 어쩔 수 없지 않느냐는 표정으로 나를 쳐다보았다. 하는 수 없이 난 아줌마와 함께 2층으로 올라왔다.

방으로 돌아와 침대에 벌러덩 누웠다. 시유와 민아가 어떻게 되었냐고 물었다.

"안 된대. 내가 지금 나오면 평생 엄마를 원망할 거라서 허락 못 한대."

내 말을 들은 지유와 민아가 푹 하고 한숨을 내쉬었다. 우리는 꼼짝없이 앞으로 2주 이상을 여기에 있어야 한다. 민아가 나를 따라 지유 침대에 누웠고, 지유는 내 옆에 누웠다. 우리는 한숨 쉬기 시합이라도 하는 듯 번갈아가며 한숨을 쉬었다.

민아도 학교에서 나가겠다고 했지만, 민아의 부모님 역시 퇴소를 허락하지 않았다. 원장이 뭐라고 이야기를 했는지, 민아의 엄마는 오히려 민아에게 화를 냈다. 어차피 지금 나와도 돈을 환불받지 못하니까, 살을 빼든 못 빼든 6주를 채우라 했다. 벌점을 받은 학생은 학교 규칙을 준수하지 않았기에 도중에 퇴소하더라도 환불을 받을 수가 없다.

내가 이곳에서 나간 후, 민아의 부모님과 지유의 할머니를 찾아가 민아와 지유 남매를 이곳에서 데리고 나와달라고 부탁할 계획이었다. 그런데 엄마가 나의 기대를, 우리의 기대를 무너뜨렸다. 사방이 꽉 막힌 곳에 서 있는 기분이다. 앞으로 2주 넘게 여기에 있어야 한다.

"차라리 학교에서 수업을 듣는 게 낫겠어. 하루 종일 영어 수업을 들어도 괜찮아."

민아가 주먹으로 침대를 쾅쾅 치며 말했다. 민아네 영어 선생님은 오십대 후반 남자인데, 항상 나프탈렌 냄새가 나서 수업 한 시간을 듣고 나면 머리가 몽롱할 정도란다. 민아는 그 선생님 수업을 듣는 게 여기 갇혀 있는 것보다 나을 거라고 말했다.

"홍홍아, 나 우울증 걸릴 거 같아. 원장 말 듣고 있으면, 진짜 내가 세상에서 가장 멍청하고 한심한 인간 같아."

"아냐. 우리는 돼지이지 인간은 아니잖아."

나는 원장이 입에 달고 사는 말을 했다. 민아가 인상을 찡그렸다.

"내가 벌 받는 거 같아. 괜히 살은 빼겠다고 해서 말이야. 이렇게 해서 살 빼는 건 줄 알았으면 나 절대 여기 오지 않았어. 우리가 꼭 이런 식으로 살을 빼야 하는 거야?"

"언니들, 나도 더 이상 여기 있고 싶지 않아. 바깥도 마음대로 못 나가고, 억지로 음식이나 먹게 하고 정말 싫어."

지유가 앙앙거리며 끼어들었다. 하지만 지유를 달래줄 기운이 없다. 저녁을 먹지 못했기 때문이다. 오늘 아침 몸무게 체크가 있었고, 나도 민아처럼 저녁 금식령을 받았다. 오늘 아침, 원장은 목표 감량률의 60%에 달하지 못한 학생들에게 일주일간의 저녁 금식령을 내렸다. 난 1kg이 모자라, 저녁 금식령 대상이 되었다. 저녁 금식령을 받은 아이들은 마이너스 팀에서 절반 가까이 되었다. 우리가 퇴소하는 날 방송국에서 촬영을 하러 온다며, 원장은 우리가 목표한 몸무게에 모두 다 도달해야 한다고 강조했다.

더 이상 이곳에 있고 싶지 않다. 2주 넘게 버틸 자신이 없다. 엄마에게 전화를 걸려면 또 3일을 기다려야 한다. 어쩌면 엄마는 퇴소 날 전에 나를 데리러 오지 않을 수도 있다. 시간이 지날수록 내 영혼은 점점 더 쪼그라들어 말라버리고 있다.

원장은 우리를 스스로 돼지라고 생각하게 만들었다. 하지만 그렇다고 우리가 뭘 어쩔 수 있단 말인가. 벌점이 일정 이상 초과하면 우리를 독방에 보냈다. 규칙이라니 어쩌겠는가. 약속한 대로 프로그램이 운영되지도 않았다. 체험학습도 가지 않고, 식사량은 잔인할 정도로 줄어들고 있다. 이미 항의했지만 소용없었다. 그렇다고 뭐? 우리가 할 수 있는 일은 아무것도 없다. 그런데 정말, 우리는 어쩔 수 없는 게 맞나?

"언니들, 우리 나가자."

갑자기 지유가 침대에서 벌떡 일어나며 말했다.

"어딜 나가? 우리 기운 없어."

날 좀 내버려두라고 지유에게 부탁했다. 이대로 잠을 자서 내일 아침에 일어나고 싶다. 아침에 일어나면 밥을 먹을 수 있다.

"우리가 갇혀 있을 필요가 없어. 우리, 탈출하자."

"뭘 하자고?"

"탈출하자고. 2주 넘게 여기 있으라고? 그럼 난 돌아버릴지도 몰라. 나가자, 우리."

지유의 말을 듣고 나와 민아는 침대에서 몸을 일으켜 앉았다.

"무슨 방법으로 나갈 수 있는데?"

"그건 나도 잘 모르겠어."

지유의 목소리가 작아졌다. 김이 샜다. 2층 문은 잠겨 있어 관리실 아줌마의 허락이 있을 때만 열린다. 우리가 관리실 아줌마를 매수하지 않는 한 어림도 없다. 관리실 아줌마가 착하기는 하지만, 마주리 원장의 여동생이기 때문에 우리의 부탁을 들어줄 리 없다.

아무리 생각해도 나갈 방법이 없었고, 도저히 방법이 없다고 생각하니 더 우울해졌다.

"아침 산책 할 때 도망칠까?"

민아의 말에 지유가 고개를 저었다.

"나는 아침 산책 안 하잖아."

아침 산책은 마이너스 팀만 한다. 플러스 팀도 산책을 하긴 하지만, 그들은 점심을 먹은 후에 한다.

"그럼 나와 민아가 아침 산책할 때 도망칠 테니, 넌 오후 산책 때 도망쳐서 같이 만나는 게 어때?"

지유는 그것 역시 별로 좋은 생각이 아니라고 말했다. 선생님과 마이너스 팀 아이들이 다 같이 산책을 하는 도중에 도망을 치는 건 불가능에 가까웠고, 우리기 시차를 두고 산책 시간에 도망을 쳐 서로 만나는 건 어려울 것이다.

"체험학습이라도 하면 그때 다 같이 도망치면 될 텐데."

이번 주에도, 다음 주에도 체험학습을 하지 않는다. 원장은 퇴소 후에 문제가 생길 것을 걱정했는지, 우리에게 종이를 나누어주며 우리가 체험학습에 가지 않겠다는 제의를 먼저 했다는 각서를 받아갔다. 효율적인 다이어트를 위해 체험학습을 생략한다는 원장의 말에 넘어간 아이들도 있었지만, 그렇지 못한 아이들 역시 반강제적으로 각서를 쓸 수밖에 없었다. 나와 민아, 지용, 지유도 울며 겨자 먹기로 각서를 썼다. 이 안에 있는 한, 각서를 쓰지 않을 수 없는 분위기다. 결국 체험학습을 가지 않는 것도 영어 회화 시간이 없어진 것과 마찬가지로 순전히 '우리가 원했기' 때문이 되어버렸다.

"확 여기에서 뛰어내릴까? 당연히 안 되겠지?"

민아가 창문을 열어보며 장난으로 말했다.

"미쳤어? 난 불이 나지 않는 한 절대 여기서 뛰어내릴 생각 없어."

내가 손사래를 쳤다.

"불? 불!"

갑자기 지유가 방방 뛰기 시작했다.

"골박, 왜 그래?"

지유는 미친 사람처럼 실실 웃기까지 했다. 국어 시간에 불을 보면 미치는 어떤 이상한 남자에 대한 소설을 배운 적이 있다. 지유가 설마 불 이야기만 들어도 반응하는 미친 사람이었던 걸까?

"너 설마 여기 불이라도 내자는 거야?"

민아가 방방 뛰는 지유를 뒤에서 안아 진정시켰다.

"언니, 미쳤어?"

지유가 팔꿈치로 민아의 배를 치면서 민아에게서 벗어났다.

"그럼?"

"저거, 안 보여?"

지유가 가리킨 벽에는 완강기가 있었다.

"저거 타고 내려가는 거야."

머리가 재빠르게 회전했다. 저것을 이용하면 우리는 이 감옥에서 탈출할 수 있다. 난 지유에게 다가가 지유를 꽉 안았다. 지유가 싫다고 발버둥쳤지만, 지유가 너무 깜찍하기만 했다.

"저게 도대체 뭔데?"

완강기를 모르는 민아는 도대체 왜 그러냐고 물었다. 난 민아에게 완강기의 용도를 설명해주었다. 그러자 민아도 지유를 안았다. 지유가 놓아달라고 했지만, 나와 민아는 지유를 더 꽉 안았다. 내가 지유를 번쩍 들어 한 바퀴 뱅글 돌린 후 민아에게 옮겼고, 민아가 또다시 지유를 안고 몇 바퀴 돌았다.

"언니, 그만 좀 해."

민아가 지유를 내려놓았다.

"어지러워 죽겠네."

민아가 손가락 끝으로 이마를 꾹꾹 눌렀다.

"어지러운 건 언니가 아니라, 나야."

지유가 기우뚱거리는 몸의 중심을 잡으며 말했다. 그런데 민아는 계속 머리가 아픈지 인상을 썼다.

"언니, 왜 그래? 어디 아파?"

"사실 나 빈혈이야. 3월에 학교에서 건강검진 하면서 피검사를 했거든. 담임 선생님이 빈혈 있는 아이들을 부르는데 거기에 내가 있는 거야. 근데 반 애들이 다 웃더라. 나도 좀 많이 창피했어."

민아는 아주 수줍게 고백했다. 좋아하는 남자가 있다는 말을 할 때만큼 부끄러워했다. 민아의 기분이 어땠을지 이해할 수 있다.

"언니, 나 우리 오빠 불러올게."

지유가 문을 열고 나갔다.

"밍밍아, 우리 부끄러워하지 말자. 왜 우리가 부끄러워해야 해? 놀리는 애들이 잘못한 거잖아."

친구들이 놀릴 때 왜 괜찮은 척한 걸까? 참지 말고 화를 낼걸. "네가 그렇게 얘기하면 기분 나빠." 왜 이 한마디를 하지 못했을까. 그리고 왜 집에 와서 혼자 끙끙 앓은 걸까. 친구들이 놀릴 때 기분 나쁘다고 말했어야 했다. 장난치는 것과 놀리는 걸 충분히 구분할 수 있음에도 불구하고, 바보같이 난 놀릴 때도 가만히 있었다.

"맞아. 홍홍아, 그런데 일부러 얄밉게 놀리는 애들이 있기는 하지만, 아닌 애들도 많잖아."

"그건 그렇지."

친구들이 지나가다 한 말도 나는 꼭꼭 담아두었다. 친구들의 말이 상처가 되긴 했지만, 그걸 더 큰 상처로 만든 건 나다. 사람들 말 한마디, 한마디를 가시로 받아들였고, 그 가시로 찌른 건 말을 한 상대가 아니라 나였다. 난 꼭 고슴도치가 옷을 뒤집어 입고 있는 모습을 하고 있었다. 가시를 바깥으로 세우지 않고 내 안으로 세웠고, 가시에 찔리는 건 나 자신이었다.

잠시 후, 지유가 지용을 데리고 방으로 들어왔다.

"근데 꼭 이렇게까지 해야 돼?"

지용은 탈출하는 걸 다시 생각해보라고 했다.

"오빠, 내 얘기 뭐로 들은 거야? 난 더 이상 여기 있고 싶지 않다니까! 홍희 언니도, 민아 언니도 부모님이 허락하지 않아서 못 나가는데, 누가 할머니랑 연락을 해줘? 그리고 오빠도 여기 싫다고 했잖아."

"너 때문에 민아랑 홍희한테 피해를 입히자고?"

"그게 왜 피해야? 언니들도 나가고 싶다고 했단 말이야!"

지유의 얼굴이 잘 익은 토마토처럼 새빨갛게 변했다. 조금 더 있으면 지유가 침대 위로 올라가 방방 뛸 것 같았다. 난 두 팔로 지유를 꼭 안았다.

"지용아, 나랑 민아도 나가고 싶어. 지유가 하자고 해서 그러는 거 아니야."

"하지만 부모님 말대로 2주를 더 참는 게 낫지 않을까? 어른들이 하라는 대로 하는 게 좋을 것 같은데?"

"그럼 오빤 빠져. 우리 셋이 나갈 테니까."

지유의 말에 지용이 그건 싫은지 더 이상 말을 하지 않았다. 어른 말을 들으면 자다가도 떡이 생긴다고 했다. 물론 나야 떡을 좋아하지만, 만약 떡을 싫어하는 아이라면? 자다가 싫어하는 떡을 먹으면 괜히 목만 더 막힌다.

"이게 과연 최선일까?"

지용의 물음에 지유와 나, 민아는 동시에 고개를 끄덕였다. 두말 해야 입만 아프다.

결국 지용 역시 우리와 함께 탈출하기로 하였다. D-DAY는 3일 뒤로 잡았다. 토요일 밤, 우리는 여기에서 나갈 것이다. 토요일 밤에는 원장도 학교에 없을 확률이 높고, 감시가 가장 소홀하다.

우리는 탈출을 위한 완벽한 계획을 세웠다. 여기에서 나간 후, 이곳에서 있었던 일을 다 밝힐 것이다. 그렇게 하기 위해서는 증거가 필요하다. MP3를 이용하여 원장과 다른 선생님들이 우리에게 폭언을 일삼는 것을 녹음하고, 음식 사진도 찍을 예정이다. 인터넷에 나온 설명과 다른 것을 찾아 전부 인터넷에 올릴 것이다.

"독방도 찍자."

지유는 여기에서 가장 싫은 게 독방이라며, 독방 사진을 찍자고 했다. 나도 동의한다. 독방은 가 보지 않은 사람은 상상할 수 없을 정도로 끔찍한 곳이다. 하지만 독방 사진을 찍으려면 누군가 독방에 가야 했다. 난 독방이라면 두 번 다시 가기 싫다.

"내가 갈게. 언니들이 가게 되면 거기서 음식을 못 먹으니까 안 되고, 오빠는 지금 벌점이 0점이라 금방 벌점 20점이 될 수가 없잖아."

"하지만 괜찮겠어? 너 거기 엄청 싫어하잖아."

"그럼 어떡해? 벌 받아서 가는 게 아니라, 고발하기 위해 가는 거라면 견딜 수 있을 거야."

갑자기 지유가 골룸이 아니라, 간디처럼 보였다. 내가 아는 마른 사람의 캐릭터는 딱 두 가지다. 골룸 아니면 간디. 이제까지 지유가 고집 피우고, 말참견을 하는 걸 보고 골룸 과라고 생각했는데 이젠 아니다. 지유를 안아주려고 했는데, 나보다 먼저 민아가 지유에게 예뻐 죽겠다는 말을 하며 안았다. 하지만 지유는 벌레라도 씹은 듯한 표정을 짓고 있었다.

막 잠이 들려고 하는데, 방문을 두드리는 소리가 들렸다. 민아가 왔나 싶어 문을 열었다. 문 앞에 서 있는 건 지용이었다.

"지유 자는데?"

"그래?"

지용이 잠깐 방에 들어갈 수 있냐고 물었다. 난 들어오라고 했다. 지유를 깨우려고 했지만, 지용이는 괜찮다고 했다.

"저기, 이거."

지용이가 주머니에서 무언가를 꺼내 지유 책상 위에 슬그머니 내려놓았다.

"이게 뭐야?"

책상에 다가가 보니, 비닐 포장된 찹쌀떡이었다.

"먹어. 너 배고프잖아."

지용이가 실실 웃으면서 나를 쳐다보았다. 저 녀석이 왜 저렇게 웃는 건지 궁금했다.

"왜 웃어?"

"저거야, 무민이."

지용이 지유 책상 위에 놓인 노트를 가리키며 말했다.

"무민? 지유가 나 닮았다고 한 거?"

"응."

지유 노트 표지에는 하마도, 그렇다고 곰도 아닌 하얀 동물이 그려져 있었다.

"저게 뭐야?"

"북유럽 신화에 나오는 트롤을 귀여운 캐릭터로 만든 거야. 지유처럼 나도 무민 캐릭터 아주 좋아해."

지용이 노트를 만지작거리며 말했다. 난 팔짱을 끼고 지용이를 쳐다보았다. 이 녀석, 수상하다. 며칠 전 독방에서 나왔을 때도 지용이는 내게 빵과 요구르트를 가져다주었다. 그때는 내가 하루 종일 굶어 아무 생각 없이 받았지만, 오늘은 왜 또 그런 걸까? 마이너스 팀이 절대 해서는 안 되는 행동이 음식을 몰래 먹는 일이라면, 플러스 팀은 음식을 남기는 일이다. 그런데 지용이는 몰래 음식을 남겨 나에게 가져다주었다. 그것도 두 번이나.

"저녁도 못 먹었잖아. 빨리 먹어."

지용이 재촉하였다. 난 지용을 뚫어지게 쳐다보았다. 생각해보니, 지용은 지유가 나간다고 했을 때는 지유를 말렸지만, 내가 나간다고 하니 자기도 같이 가겠다고 했다.

"너, 만약 내가 탈출 안 한다고 했으면 지유를 계속 반대할 생각이었어?"

"응."

지용이 고개를 끄덕였다. 이런. 아무래도 이 녀석이 나를 좋아하는 게 확실하다. 무민을 좋아한다고 말하는 건, 간접적으로 날 좋아한다는 마음을 표현하는 것이다. 돌이켜보면, 지용은 내게 과한 친절을 베풀었다. 나에게 책을 추천해주었고, 음식도 두 번이나 가져다주었다. 무엇보다 결정적으로 녀석은 살찐 여자를 좋아한다고 말했다. 그때 알아차렸어야 했다. 그게 나를 향한 고백이었음에도 불구하고, 나는 이제야 녀석의 마음을 알아버렸다.

"안 먹어. 가져가."

나는 찹쌀떡을 지용 앞으로 밀었다. 아아, 찹쌀떡을 만지지 말았어야 했나? 찹쌀떡의 탱글탱글함이 손끝에 느껴졌다. 내가 이 떡을 먹는다면, 지용의 마음을 받아들인다는 뜻이 되어버린다. 난 찹쌀떡으로부터 고개를 홱 돌려버렸다.

"그럼 그냥 버려야겠다."

지용이 찹쌀떡을 집었고, 난 지용의 손에서 찹쌀떡을 낚아챘다.

음식을 버리다니, 그건 있을 수 없는 일이다. 그것도 이 맛나는 찹쌀떡을 버린다니, 그건 세상 모든 떡에 대한 모욕이다.

난 비닐 포장을 뜯은 후, 찹쌀떡을 한입 베어 물었다. 매우 쫄깃쫄깃했다. 떡이 금방 사라질까 봐 아주 조금씩 떡을 베어, 천천히 씹어먹었다.

"근데 지유 정말 내일 괜찮을까?"

"응. 걱정 마. 물 갖다 줄까?"

내가 떡을 먹다가 캑캑거리니까 지용이 얼른 일어서며 물었다. 난 괜찮다고 대답했다. 떡을 먹는 도중에 물을 마시면, 떡의 맛을 제대로 음미할 수가 없다.

"떡 맛있지?"

"맛있네. 근데 네가 이런다고 내가 널 좋아할 거라고 착각하지 마. 알았어?"

난 떡만 받는 거지, 지용의 마음까지 받아줄 생각은 추호도 없다.

"무슨 말이야?"

지용이 당황하는 표정을 지었다. 이렇게 대놓고 나에 대한 마음을 표했으면서 딱 잡아떼기는. 물론 내 앞에서 날 좋아한다고 인정하는 일이 부끄럽긴 할 것이다.

"하여튼 알았냐고?"

난 다시 한 번 지용에게 물었다. 잔인하긴 하지만, 헛된 꿈을 꾸기 전에 처음부터 싹을 잘라주는 게 좋다.

"알았어. 먹기나 해."

지용은 그만 자러 간다며 방에서 나갔고, 난 양치질을 다시 하기 위해 목욕탕으로 들어갔다.

점심을 다 먹었지만, 나와 민아는 계속 자리에 앉아 있었다. 원장이 올 때까지 기다릴 거다. 원장은 이틀에 한 번 꼴로 식당에 들러 우리가 밥을 먹는 걸 보고 갔다. 어제 오지 않았으니, 오늘 올 확률이 높다. 만약 오늘도 오지 않으면 우리의 계획에 차질이 생긴다.

"홍홍아, 근데 지용이 참 괜찮은 거 같지 않아? 여동생한테도 잘하고 착한 것 같아."

"지용이가 뭐가 괜찮냐? 난 별로야. 너무 말랐잖아."

난 딱 잘라 말했다.

"왜? 살 좀 찌면 멋있을 거 같은데? 처음엔 너무 말라서 여자애들한테 인기 없을 거라고 생각했는데, 난 우리 반에 저런 애 있으면 좋아했을 거 같아."

"너, 설마 지용이 좋아하는 거야?"

"아니. 난 도진 오빠밖에 없어."

도진은 민아가 좋아하는 선배 오빠 이름이다. 민아는 지용이 너무 괜찮아 자기 친한 친구에게 소개시켜주고 싶다는 말을 했다.

"근데 사실은 말이지."

"사실 뭐?"

지용이 나를 좋아한다는 말을 해야 할지 말아야 할지 고민이다. 어떻게 해야 할까 생각하고 있는데, 민아가 숟가락을 꽉 움켜잡은 채 소리쳤다.

"왔어!"

민아의 말을 듣고 고개를 돌렸다. 식당 안으로 원장이 들어오고 있었다. 나와 민아는 지유 쪽을 쳐다보지 않기 위해 노력했다.

"너 정말 해보자는 거야?"

원장이 소리치는 게 들렸다. 이제 드디어 시작되었나 보다.

지난번과 똑같은 상황이 연출되었다. 아이들이 원장과 지유가 있는 쪽으로 몰려들었고, 다른 선생님들이 아이들에게 자리로 돌아가라고 했다. 하지만 아이들이 그 말을 들을 리가 없다.

"너 정신 못 차렸어? 음식 남기지 말라고 몇 번을 말했어?"

"오이 못 먹는다고 했잖아요."

"못 먹는 게 어딨어? 얼른 먹어!"

"싫다고요!"

지유가 들고 있던 숟가락을 식탁 위에 탁 소리가 나도록 던졌다. 그러자 원장의 얼굴이 붉으락푸르락 달아올랐다. 원장이 숟가락을 집어들었다. 당장이라도 오이를 집어 지유 입에 처넣을 기세였다. 하지만 주변에 있던 선생님들이 원장을 말렸고, 원장은 음식 남기기 5점과 태도 불량으로 15점의 벌점을 지유에게 주었다.

"그럼 벌점이 몇 점이지? 총 20점인가? 어쩌니? 또 독방에 가야겠구나."

원장이 야비한 미소를 지어 보이더니, 지유의 팔목을 잡아챘다. 지유가 원장에게 끌려 내려갔고, 지용이 원장을 따라 내려갔다.

아이들을 따라 자리로 돌아왔다. 민아와 나는 눈을 찡긋했다. '플랜 E'가 계획대로 착착 진행되고 있다. 우리는 플랜 ESCAPE를 줄여 플랜 E라고 부르기로 했다.

식사를 마치고 2층으로 내려왔다. 휴게실에서는 새미 언니가 또 아이들을 모아놓고 훌라후프를 하고 있었다. 새미 언니는 무척 뿌듯한 표정이었고, 여자애들은 추종하듯 언니를 쳐다보고 있었다. 나와 민아는 서로의 얼굴을 쳐다보며 쯧쯧, 하고 혀를 찼다.

민아와 나는 민아의 방으로 갔다. 민아가 녹음한 원장의 말을 듣기 위해서다. 오늘 아침 체중 체크를 하였고, 체중 변화가 가장 적은 민아는 원장에게 불려갔다.

민아가 가방에 숨겨둔 MP3를 꺼냈다.

"내 방 가서 들을까?"

"아냐, 현재 없으니까 여기서 그냥 듣자."

"얼른 켜봐."

"응."

나와 민아는 침대 위에 앉아 MP3에 녹음된 내용을 들었다.

"너, 정말 어쩌려고 그래? 이제 2주밖에 안 남았잖아. 이 살, 이 살, 이거 어쩔 거야? 평생 그렇게 돼지로 살고 싶어? 너 공부 좀 한다며? 네 엄마가 너 머리 좋다고 하더라? 그러면 뭐해? 머리가 좋은데 외모는 영 아니잖아. 생각이 있으면 거울 좀 봐봐. 사람들이 너 같은 애를 뭐라고 생각하는 줄 알아? 구역질나는 돼지 새끼. 여기서 네가 제일 열심히 안 해. 너야 평생 돼지 새끼로 살면 되지만, 왜 나한테까지 피해를 주니? 네가 살이 안 빠지면, 마주리 다이어트 학교 명성이 어떻게 되겠어? 너 그 몸으로 나가서, 마주리 다이어트 학교 갔다 왔다고 할 거잖아. 안 그래? 너 여기 들어오고 싶어 하는 애들 줄 선 거 알지? 그런데 네가……."

원장의 말이 끝나지 않았지만, 난 전원 버튼을 눌렀다. 기분 나쁜 말을 일부러 더 들을 필요는 없다.

"우리 이거, 인터넷에 꼭 올리자."

"그래. 원장의 가면을 확 벗겨버리자고."

원장은 텔레비전에 자주 나왔다. 원장은 예능 프로그램에 나와 뚱뚱한 사람들의 다이어트를 도와주었고, 과거 마주리 원장 역시 뚱뚱했다는 이야기가 알려져 더 많은 인기를 모았다. 다이어트 방송과 책을 통해 원장은 돈을 많이 벌었고, 그 돈으로 이 학교까지 세운 것이다. 학교 입학금은 비싼 편이었지만, 마주리 원장의 명성으로 여기 오려는 아이들이 아주 많았다. 학교의 수익금이 웬만한 대형 입시학원 부럽지 않다고 들었다. 나도 마주리 원장만을 믿고, 원장만을 보고 여기에 왔다. 원장은 누구보다 뚱뚱한 나를 잘 이해하는 좋은 사람일 줄 알았다. 하지만 원장은 방송에 나온 것과 너무 다르다. 우리에게 폭언을 일삼고, 우리를 무시하였다.

"여기 탈출만 해봐라. 원장은 이제 끝이야."

3일 뒤를 생각하며, 우리는 웃고 또 웃었다. 나갈 생각을 하니 도저히 웃음이 멈추지 않았다. 그런데 문이 열리는 소리가 들렸다.

"니들, 여기서 나갈 거야?"

현재가 화장실 문을 열고 나오며 물었다. 나와 민아는 너무 놀라 아무 말도 하지 못한 채 서로를 쳐다보았다.

"저기, 저기 그게."

현재는 우리 이야기를 얼마만큼 들었을까? 화장실에 있었다면 거의 다 들었을지도 모른다.

"부탁이야. 제발 원장님한테는 말하지 말아줘."

난 현재에게 달려가 현재의 오른손을 꽉 잡았다. 민아도 얼른 달려와 현재의 왼손을 잡았다. 하지만 현재는 나와 민아의 손을 뿌리쳤다. 현재는 유유히 걸어 책상 위에 앉더니, MP3 전원을 눌렀다. 원장의 말이 이어졌다.

"니들, 아주 깜찍하다."

현재가 MP3를 끄며 말했다. 이제 끝이다. 탈출이고 뭐고 우리는 망했다. 원장에게 불려가 탈출 모의로 혼날 생각을 하니 머리가 지끈지끈 아팠다. 아무것도 모른 채 독방에 갇혀 있을 지유에게 미안했다.

"원장님한테 이를 거야?"

나는 조심스럽게 현재에게 물었다. 현재가 나와 민아를 번갈아 가며 쳐다봤다.

"아니."

현재가 고개를 저으며 대답했다.

"대신 조건이 있어."

현재의 말에 잔뜩 긴장하여 현재를 쳐다보았다.

"나도 같이 갈래."

"응?"

난 현재의 말을 잘못 알아들었나 싶어 되물었다.

"나도 끼워달라고."

현재가 다시 한 번 그 말을 했다.

READY!

"니희는 여기 오고 싶어서 온 거지?"

현재가 물었다. 나와 민아는 그렇다고 대답을 했다. 결국 우리가 우리 발등을 찍은 셈이다.

"난 아니야."

현재가 입술을 깨물며 말했다.

"난 엄마가 보낸 거야. 두 달 동안 15kg 못 빼면, 겨울방학에도 또 보내겠대. 그래서 여기 들어와서 죽어라고 살만 뺐어. 엄마한테 잘 보이고 싶어서 그런 게 아니라, 더럽고 치사해서 빼고 싶었어. 근데 근육이 파열되어서 운동도 제대로 못하게 되었어."

"그럼 엄마한테 말하면 되잖아. 근육 파열되었다고."

"당연히 말했지."

현재가 한숨을 내쉬며 말했다.

"근데도 못 나가게 하는 거야?"

현재가 크게 고개를 끄덕였다.

"너희 엄마, 혹시 원장의 설득에 넘어간 거 아냐? 원장이 직접 우리 집에 전화 걸어서 지금 내가 나가면 죽도 밥도 안 된다고, 자기를 믿어달라고 했대."

민아가 씩씩거리며 말했다.

"원장 때문이 아니야. 우리 엄마는 내가 다리가 부러졌어도 못 나가게 했을 거야."

"너희 엄마 진짜 너무하다. 근육이 파열되었다는데 어떻게 계속 있으라고 하냐? 입소비 아까워 안 내보내주는 우리 엄마보다 백배, 천배 더 심해."

민아는 그 말을 내뱉고 아차 싶었는지 입을 가렸지만, 너무 늦었다. 하지만 현재는 조금도 기분 나쁜 표정을 짓지 않았다.

"너희 엄마는 왜 그렇게 살을 빼라고 하는 거야?"

난 현재에게 조심스럽게 물었다.

"뚱뚱한 사람이 보기 싫대."

조금 화가 났다. 현재는 우리 셋 중에 제일 덜 뚱뚱하다. 하지만 현재네 엄마 입장에서는 현재가 뚱뚱하게만 느껴질 것이다. 입소식 날 봤던 현재네 엄마는 무척 날씬하고 예뻤다. 내가 현재네 엄마라면, 딸도 자기처럼 날씬하길 바랄 것 같다.

"내 이름이 왜 현재인 줄 알아? 우리 부모님은 결혼한 지 5년이 넘도록 아이를 갖지 못했대. 인공 수정, 시험관 아기 등등 별거 별거 다 했지만 계속 실패했어. 아이 갖기를 포기하려고 했는데, 자연임신으로 나를 가진 거야. 그래서 나를 하늘의 선물이라고 생각하고는 내 이름을 선물이라고 지으려고 했대. 그런데 선물이라는 이름은 놀림감이 될 것 같아서 PRESENT의 다른 뜻인 현재로 내 이름을 지은 거야. 난 하늘의 선물인데 우리 엄마, 아빠는 나를 너무 자기 마음대로 다뤄. 나는 그냥 엄마, 아빠의 것인가 봐."

현재가 또 한숨을 쭉 내쉬었다.

"근데 나, 더 이상 엄마가 시키는 대로 여기에 갇혀 있고 싶지 않아. 엄마가 있으라면 있고, 있지 말라면 있지 않는 거 이젠 안 할 거야."

"진심이야?"

"당연하지. 그러니까 나도 꼭 데려가줘."

현재의 눈빛이 아주 간절했다. 이제까지 이해하지 못했던 현재의 행동이 이해가 갔다. 한 명이 더 늘어난다면, 탈출이 어려워질지도 모른다. 하지만 현재도 꼭 같이 가야 할 것 같았다.

"그래. 너 지난번에 원장한테 따지는 거 보니까 나가서 엄마한테도 그럴 수 있을 것 같아."

현재는 조회 시간에 모든 아이들 앞에서 원장에게 항의했다. 나도 원장에게 항의한 적이 있긴 하지만, 나는 아이들에게 등 떠밀려 한 것이고, 그것도 완전히 기가 죽어서 말도 더듬고 그랬다. 하지만 현재는 조금도 원장에게 주눅 들지 않았다.

"그날은 원장이 우리 엄마처럼 보이는 거야. 그날따라 특히 더. 그래서 나도 모르게 그런 거야. 근데 난 우리 엄마한테는 한 번도 대든 적이 없어. 웃기지?"

"그래도 너 그날 완전 멋있었어."

"어차피 원장이 나한테 높은 벌점 못 줄 거 알고 그런 건데 뭐."

"왜?"

현재는 원장이 고정 출연 하고 있는 예능 프로그램 PD가 바로 외삼촌이라고 말했다. 어쩐지 똑같이 원장한테 대들었는데, 나는 15점의 벌점을 받았고, 현재는 겨우 5점을 받았다.

더 이야기하고 싶었지만, 오후 운동을 알리는 종소리가 울려 방에서 나왔다. 복도를 지나가는데 지용이 우리 쪽으로 오고 있었다.

"이따가 운동 끝나고 잠깐 좀 만나."

지용에게 현재도 같이 간다는 말을 해야 한다.

"알았어. 그런데 우리 둘이?"

지용이 뭐가 좋은지 실실 웃었다. 저 웃음, 정말 부담스럽다. 난 민아도 같이 만난다며, 절대 개인적인 만남이 아니니까 기대하지 말라는 말을 덧붙였다.

체력단련실에 들어와 가장 먼저 스트레칭을 시작했다. 그나저나 지용이는 여기 온 지 한 달이 다 되어가는데 살이 거의 찌지 않았다. 아무래도 체질인가 보다. 쟤도 정말 몸이 약해서 어쩌려고 그러는지 모르겠다.

뚱뚱한 아빠와 뚱뚱한 엄마의 자식인 나와 홍주는 뚱뚱하다. 그리고 지용이와 지유의 부모님은 둘 다 말랐다. 원장이 입에 달고 사는 '뿌린 대로 거두리라'는 말처럼 뚱뚱한 부모에게는 뚱뚱한 자식이, 마른 부모에게는 마른 자녀가 태어나나 보다. 만약 나와 지용이가 결혼을 해서 아이를 낳으면 어떨까? 둘을 합쳐 나눈 거니, 보통의 애가 태어날까? 아니, 지금 내가 무슨 생각을 하는 거야? 내가 왜 지용이 생각을 하고 있지? 나를 좋아하는 건 지용인데, 왜 내가 지용이 생각을 하는 건지 이상하다.

지유는 감금된 지 24시간 만에 독방에서 나왔다. 지유는 몸에 숨긴 MP3로 독방 사진을 제대로 찍어왔다. 지용 남매는 현재가 합류하는 것에 대해 쉽게 동의하였다. 지용은 완강기 하나로 네 명이 탈출하는 것보다, 완강기 두 개로 다섯 명이 탈출하는 게 시간 소요가 더 적기 때문에 오히려 잘 되었다고 했다. 현재가 우리와 함께한다면, 민아와 현재 방에 있는 완강기를 이용할 수 있다.

우리는 밤에 몰래 모여 완강기를 살펴보았다. 플라스틱 상자를 벗겨낸 후, 완강기의 작동법을 연구하였다. 지용은 완강기를 사용해본 적이 있다며, 우리에게 방법을 설명했다. 완강기의 고리를 벽에 걸어 묶은 후, 줄을 몸에 묶어 손으로 줄을 잡고, 두 발로 벽을 짚으며 1층으로 내려가면 된다.

"우리 오빠 보이스카우트야."

지유가 우리를 보며 자랑스럽게 말했다. 비실이인 줄로만 알았는데, 지용이 조금 다르게 보였다.

"지용아, 근데 100kg까지 되는 거 맞지?"

민아가 완강기에 적힌 허용 무게를 보며 물었다. 지용이 100kg까지는 안전하다며 걱정하지 말라고 했다.

"민아 언니, 설마 100kg 넘는 거야?"

지유가 과장되게 놀란 표정을 하며 민아에게 물었다.

"아냐. 나 100kg 안 넘어."

"그럼 100kg 가까이 되는 거지? 그래서 물었지?"

"아니야. 나 절대 100kg 안 나가. 그렇지, 홍홍아? 말 좀 해봐."

내가 민아는 100kg이 아니라고 말했지만, 지유가 계속 민아를 놀렸다.

"골박, 너 진짜 혼난다. 이리 와."

민아가 지유를 잡으려고 지유에게 팔을 뻗쳤지만, 지유가 도망을 쳤다. 그런데 민아가 지유의 팔을 잡으면서 나를 밀쳤고, 내 몸과 지용의 몸이 부딪쳤다. 난 얼른 팔을 지용의 몸에서 뗐다. 에어컨 바람 때문에 방이 시원했지만, 갑자기 몸이 뜨거워졌다.

"둘 다 조용히 해. 이러다가 선생님이라도 오면 어떻게 해?"

현재의 말에 민아와 지유가 잠잠해졌다.

"내일 몇 시쯤에 만날까?"

현재는 우왕좌왕하는 분위기를 정돈한 후, 내일 계획을 철저하게 세우기 시작하였다.

"밤 열두 시?"

"너무 일러. 그땐 선생님들 안 자고 있을지도 몰라."

"그럼 새벽 세 시는 어때?"

"그래, 그 정도가 좋을 것 같아."

우리는 탈출하는 날을 일요일로 변경하였다. 원래 토요일로 하려고 했지만, 다음 날이 일요일이면 선생님들과 아이들이 늦게 잠을 잘 수도 있기 때문이다. 오히려 일요일 밤이 감시가 덜한 요일일 수 있다. 현재는 토요일보다는 일요일이 더 나을 거라고 했고, 현재의 설명을 들은 우리는 일요일로 바꾸었다. 현재가 우리와 같이하지 않았으면 우리가 제대로 계획이나 짤 수 있었을까 싶을 정도로, 현재는 똑 부러지게 일을 처리하였다.

"새벽까지 깨어 있어야 하니까, 내일은 낮에 많이 자두자."

"응. 어차피 내일도 아무 데도 안 가니까."

일요일인 내일은 또 체험학습을 가지 않는다. 우리는 내일을 위해 오늘은 일찍 자두기로 하였다.

아이들이 돌아간 후, 지유가 먼저 샤워를 하겠다며 화장실로 들어갔다. 난 정수기에서 물을 떠 오기 위해 바깥으로 나갔다.

지용이 민아의 방에서 나오고 있었다. 지용이 왜 민아 방에서 나오는지 궁금했지만, 묻지 않았다. 지용은 나에게 잘 자라는 인사를 하고는 자기 방 쪽으로 걸어갔다. 무슨 일일까 싶어 민아에게 물어볼 요량으로 민아 방문을 열었다.

"뭐 하는 거야?"

민아가 갑자기 침대 위를 껴안듯 엎어졌다.

"난 선생님인 줄 알았잖아."

민아와 현재 침대 쪽으로 갔다. 침대 위에 빵 봉지가 보였다. 플러스 팀의 간식으로, 어제 지용이가 내게 가져다준 거였다.

"이게 뭐야?"

"뭐긴, 지용이가 갖다준 거잖아."

현재가 문 쪽으로 걸어가 방문을 걸어 잠갔다.

"지용이 정말 착하다니까. 우리가 배고플까 봐 몰래 숨겨 오는 거잖아."

현재가 소보로 빵을 뜯어 내게 건네며 말했다. 빵을 입에 넣었다. 아무 맛도 느껴지지 않는다.

지용은 일주일간 내게 간식을 세 번 가져다주었다. 이틀에 한 번 꼴로. 지용은 나에게만 빵을 가져다준 게 아니었다. 하루는 내게, 또 하루는 민아와 현재에게 번갈아가며 가져다준 것이다.

"나 그만 가서 잘래."

민아와 현재에게 인사를 하고 방에서 나왔다. 휴게실에 가서 정수기 버튼을 눌렀다. 지용이가 나를 좋아한 게 아니었나? 하지만 지용이는 나를 볼 때마다 실실 웃었다. 아니다. 지용이는 원래 잘 웃는다. 그래도 지용이는 뚱뚱한 여자가 좋다고 했다. 세상에 뚱뚱한 여자는 나만 있는 게 아니다. 그것 역시 나를 두고 한 말이 아니었나?

물통의 물이 넘쳤다. 난 누르고 있던 정수기 버튼에서 손을 뗐다. 물통의 가득 찬 물을 약간 따라 버린 후 뚜껑을 닫았다. 지용이 나를 좋아한다는 증거는 어디에도 없었다. 그런데 지용은 나를 좋아하느냐는 질문에 아니라고 대답을 하지 않았다. 지용이 일부러 나를 놀린 걸까?

내 방을 지나친 후, 지용의 방 쪽으로 걸어갔다. 아무래도 지용에게 직접 따져야 할 것 같다.

지용의 방문을 두드리니, 지용과 같은 방을 쓰는 수창이가 나왔다. 난 지용을 불러달라고 했다.

"무슨 일이야?"

지용이 문을 열고 나왔다.

"너, 왜 나한테 장난친 거야?"

"무슨 장난?"

"나한테만 빵 갖다준 거 아니라며?"

난 최대한 작은 목소리로 말했다. 지용이 아무 대답도 하지 않고 눈만 깜빡였다.

"그래, 그건 내가 오해했다 치고. 근데 너 분명 그렇게 말했잖아. 내가 안 나가면 너도 안 나갔을 거라고."

"그건 나랑 지유 둘이 하는 건 좀 그러니까."

말문이 막혔다.

"그러니까 너, 나 좋아하는 거 아니지?"

지용이 고개를 끄덕였다. 나 혼자만의 완벽한 오해였나 보다.

"다행이다. 난 네가 나 좋아하는 줄 알고 걱정했거든. 그럼 잘 자."

난 살짝 웃으면서 말했다. 최대한 쿨해 보일 수 있게 노력하면서. 이 정도 일로 난 부끄럽지 않다는 걸 보여주고 싶었다.

뒤돌아섰다. 뒤에서 지용이 내 이름을 불렀지만, 난 못 들은 척했다. 어깨를 활짝 편 후, 아주 당당하게 걸었다. 난 아무렇지 않으니까, 정말 아무렇지 않으니까. 어차피 난 지용이를 좋아하지 않았으니까 괜찮다. 지용에게 조금 부끄럽지만 뭐 괜찮다. 부끄러워하지 말자, 주홍희. 사람이 살다 보면 조금씩 착각도 할 수 있는 거 아닌가?

그런데 왜 그렇게 기운이 빠지는지 모르겠다. 무언가 자꾸 새어 나가는 기분이다. 가슴에 구멍이 뚫려 바람이 송송 들어오는 것만 같다.

대탈주

밤이 되었다.

혹시 선생님이 바깥을 돌아다니다가 방에 불이 켜 있는 것을 이상하게 생각할까 봐, 불을 껐다. 지유 책상 위에 있는 스탠드 전등만 켜두었다. 우리는 2시 30분에 모여 계획을 실행할 것이다. 민아와 현재는 민아 방에서, 그리고 나와 지용, 지유는 우리 방에서.

"언니, 우리 무사히 탈출할 수 있겠지?"

"응. 걱정 마."

완강기를 타고 1층까지 내려가는 건 별문제 없어 보인다. 문제는 그다음이다. 이 학교는 산 중턱에 있다. 입소할 때 차를 타고 올라오는 길은 꽤 멀었다.

지유는 책상 위에 앉아 종이에 무언가를 쓰기 시작했다. 지유가 무엇을 하나 보려고 지유 책상 쪽으로 갔다. 지유는 봉투 위에 그림을 그리고 있었다.

"이게 뭐야?"

"원장한테 편지를 썼어."

봉투에는 마녀 옷을 입고 있는 무섭게 생긴 원장이 그려져 있었다. 도끼눈을 하고 있는 게 원장이랑 아주 똑같다. 난 원장이 너무 싫다. 이제는 싫다는 말로 부족할 정도다.

아까 점심 시간에 또 일이 터졌다. 식사를 하던 현민이가 갑자기 플러스 팀 식탁 쪽으로 달려가, 한 아이의 밥을 미친 듯이 뺏어 먹었다. 플러스 팀 트레이너 선생님이 깜짝 놀라 현민이를 붙잡았다. 현민이는 반항을 하며 끝까지 동그랑땡 하나를 입에 넣었다. 그 모습을 원장이 보게 되었고, 원장은 초등학교 3학년밖에 되지 않은 현민이를 독방에 처넣었다. 난 펜을 꺼내 원장의 엉덩이에 긴 꼬리를 그려 넣었다. 그리고 원장이 가장 싫어하는 아줌마라는 말을 써 넣었다.

지유와 그림을 보며 키득거리고 있는데, 노크 소리가 들렸다.

"오빤가 봐."

지유가 문 쪽으로 살금살금 걸어가 문을 열어주었다. 난 지용 쪽을 쳐다보지 않고, 가만히 책상에 앉아 있었다.

"안 졸려?"

지용이 지유에게 물었고, 지유는 낮잠을 자서 괜찮다고 했다. 난 지용 남매의 대화에 끼어들지 않았다. 지용을 쳐다보는 것도, 지용과 말하는 것도 어색하다. 오늘 몇 번 지용과 마주쳤지만, 서로 한 마디도 하지 않았다. 난 민아 방에 다녀오겠다며, 소리가 나지 않도록 문을 조심스럽게 열고 나왔다.

민아와 현재도 준비가 끝나 있었다. 준비라고 해봤자, 긴 바지에 긴 티셔츠를 입는 것뿐이다. 산길이 위험할 수 있어 긴 옷을 입기로 하였다. 가방은 지용 것만 가져가기로 했다. 가방 안에는 학교의 실태를 고발할 증거가 담긴 MP3와 물 두 병, 그리고 지용이 오늘 몰래 숨긴 간식을 챙겼다.

"너희도 준비 다 끝났어?"

"응. 나가기만 하면 돼."

"자, 이거."

난 손전등 하나를 민아에게 건넸다. 지용 남매는 손전등을 하나씩 가져왔다. 처음에 지유가 손전등을 가져온 것을 보고 야영 온 것도 아닌데 왜 가져왔냐고 물었는데, 이렇게 요긴하게 쓰일 줄 몰랐다.

"저기 있잖아."

현재가 나와 민아를 불렀다. 난 무슨 일이냐고 물었다.

"아무래도 난 못 갈 것 같아."

현재가 고개를 푹 숙인 채 대답했다.

"야!"

나도 모르게 소리를 질렀다. 난 얼른 목소리를 낮췄다.

"그게 무슨 소리야? 못 갈 것 같다니? 왜?"

나와 민아는 현재가 앉아 있는 침대 옆에 바짝 다가가 앉았다.

"왜 그래, 현재야?"

현재는 아무 대답도 하지 않은 채 고개를 절레절레 젓기만 했다. 민아와 나는 계속 왜 그러냐고 물었다.

"우리 엄마……, 아마 날 가만두지 않을 거야. 우리 엄마 엄청 무서워."

당당했던 현재의 모습이 사라졌다. 스탠드 불빛 사이로 어두운 현재의 표정을 읽을 수 있었다. 현재는 자기 엄마가 원장만큼 무섭다고 누누이 이야기했다. 내가 현재여도 걱정될 것 같다. 현재는 막상 나가려고 하니, 도저히 용기가 나지 않는다고 말했다.

"호랑이를 피하자고 사자를 만나러 가는 꼴이네."

민아가 한숨을 푹 쉬며 말했다. 현재는 아무래도 자기는 못 갈 것 같다며, 우리끼리 가라고 했다.

"어떻게 그래?"

탈출을 하겠다는 건 지유의 아이디어였지만, 구체적인 계획을 세운 건 현재다. 현재가 있어 여기까지 올 수 있었다.

"아침에 원장이 물으면, 난 아무것도 몰랐다고 말해줄 테니 걱정 마."

"야, 지금 우리가 걱정하는 건 그게 아니야."

현재는 근육이 파열된 상태라 어차피 여기에 계속 있더라도 운동을 할 수 없다. 몸이 좋지 않은 상태에서 먹는 것도 부실하고, 스트레스만 받고. 여기에 있으면 현재의 건강이 더 나빠질 것이다.

"현재야, 우리가 어른들한테 반항하려고 이러는 거 아니잖아."

"그렇긴 하지만……."

"여기에서 2주를 더 버틴 후 나가면 더 나아져?"

"최소한 엄마한테 혼나지는 않을 거니까."

우리는 바깥에 우리의 목소리가 새어나갈까 봐, 소곤거리며 대화했다.

"너희 엄마도 여기 상황 아시면, 널 그렇게 혼내지 못하실 거야. 여긴, 정말 너무하잖아. 원장의 설교도 그렇고, 독방도 그렇고. 학교 프로그램 자체가 제멋대로야."

현재도 내 말에 동의하는지 살짝 고개를 끄덕였다.

"그래도 겁나. 나가서 엄마한테 혼날 거 생각하면."

"혼 안 내실 수도 있어."

"그럴까?"

현재가 고개를 들어 나를 쳐다보았다.

"네가 엄마라면 어떨 것 같은데?"

"나라면 혼내지 않을 거야. 여기 상황을 안다면 말이지."

"그럼 너희 엄마도 그러실 거야."

민아는 현재가 괜한 걱정을 하고 있는 거라고 말했다. 그리고 현재가 양호실에 갔을 때 우리의 상황을 이야기했다. 그 이야기를 듣고 현재가 자기도 모르게 피식 웃었다.

"그때, 니들 좀 덤앤더머 같긴 했어."

민아와 나는 반박하지 못했다. 인정하기 싫지만, 그때 우리가 조금 웃기긴 했다. 우리의 괜한 오해와 괜한 걱정. 사람들은 살면서 참 괜한 걱정을 많이 한다. 내가 이 일을 하면 사람들이 싫어할 거야, 아마 나를 비웃겠지? 나를 많이 혼낼 거야, 등등. 걱정은 끝이 없다. 하지만 막상 닥쳐보면, 걱정했던 일들은 잘 일어나지 않는다. 말 그대로 '괜한' 걱정이었으니까.

"에이, 모르겠다. 미리 걱정해서 뭐해. 닥치고 걱정하지 뭐. 가자. 호랑이나 사자나 똑같아."

현재가 침대에서 벌떡 일어서며 말했다. 근데 내가 보기엔 현재가 새끼 호랑이 같다. 며칠 동안 현재와 같이 계획을 짜면서 느낀 건데, 현재는 밖에 나간 후 원장한테 충분히 대들 수 있을 것 같다. 그래서 우리 계획에 현재가 꼭 필요하다.

"얼른 준비하자. 시간 별로 없어."

현재가 원래의 모습으로 돌아왔다.

"세 시 정각이 되면 내려와. 알았지? 여기 앞에서 만나는 거야."

난 알겠다고 고개를 끄덕였다. 민아와 현재에게 아래에서 보자는 말을 하고 방에서 나왔다.

우리 방으로 다시 돌아왔을 때, 지유가 내게 쪼르르 달려왔다.

"언니, 왜 그렇게 오래 있다 와? 난 언니들끼리 먼저 도망친 줄 알았다고."

"그럴 만한 사정이 있었어. 얼른 준비하자."

난 지유를 데리고 벽 쪽으로 걸어갔다.

완강기 장치를 벽에 설치한 후, 지유 몸에 먼저 줄을 묶었다. 지유가 가장 먼저 내려가기로 했다.

"오빠, 제대로 묶은 거 맞아?"

"걱정 마."

지용이 지유 몸에 묶인 줄을 다시 한 번 확인했다. 우리는 시계를 보며, 3시가 되기를 기다렸다.

"세 시야."

소리가 나지 않도록 조심스럽게 창문을 열었다. 미리 칼로 뜯어둔 방충망을 확 잡아당겼다. 쉽게 방충망이 벗겨졌다.

"조심해서 내려가."

지용이 지유에게 같은 말을 반복했다.

지유가 손으로 창틀을 짚은 후, 다리를 창문 바깥으로 뺐다.

"오빠, 언니, 이따가 만나."

지유가 창틀에서 손을 뗀 후, 바깥벽을 손으로 짚었다. 지유가 내려갈수록 고리에 걸린 줄이 길어졌다. 나와 지용은 지유가 잘 내려가는지 눈을 떼지 않고 확인했다. 옆을 보니, 민아보다 몸무게가 덜 나가는 현재가 먼저 내려오고 있었다.

지유가 무사히 1층에 도착했고, 지용이 고리에 걸린 줄을 감았다.

"자, 네가 매."

지용이 줄을 내게 내밀었다.

"됐어. 네가 먼저 내려가."

난 줄을 받지 않았다. 어제 계획을 세우면서, 몸무게가 적게 나가는 사람부터 내려가기로 했다. 완강기가 100kg까지 버틴다고 하지만, 줄이 약해질 수 있으니 가벼운 사람이 먼저 내려가는 게 좋을 거다. 하지만 지용은 계속 나에게 먼저 가라고 했다.

"시간 없으니까 빨리 매."

지용이 줄을 내 몸에 갖다대었고, 난 지용의 도움을 받아 허리와 어깨에 줄을 맸다. 사실 무서워서 마지막에 내려가고 싶지 않았다.

지유가 했던 것처럼 똑같이 창틀을 짚고, 창문 밖으로 다리를 먼저 내밀었다. 하지만 다리 아래 아무것도 없다고 생각하니 겁이 났다.

"다리로 벽을 짚어. 그러면서 천천히 내려가."

지용이 나에게 속삭였다. 하지만 창틀에서 손을 놓을 수가 없다. 여기에서 떨어지면 어떻게 하지? 온몸이 부르르 떨렸다.

"홍희야, 내가 줄 잡고 있을 테니까 걱정 마. 생각보다 높지 않으니까 괜찮아."

지용의 눈을 바라보았다. 지용의 눈이 걱정하지 말라고 말하고 있었다. 난 고개를 끄덕였다.

창틀에서 손을 뗀 후 줄을 잡았다. 갑자기 몸이 아래로 쑥 떨어지는 것 같았다.

"다리로 벽 짚어!"

얼른 다리로 벽을 눌렀다. 줄이 점점 풀렸고, 난 다리를 벽에 뗐다 붙였다를 반복했다. 옆 창문에서 민아가 나보다 먼저 아래로 내려가고 있었다. 난 스스로 이곳이 높지 않다고, 위험하지 않다고 주문을 외웠다.

단군 신화 속 호랑이가 떠올랐다. 어쩌면 호랑이는 환웅의 규칙이 부당하다고 생각했는지도 모른다. 기개 넘치는 호랑이에게 쑥과 마늘 따위를 먹으며 동굴에서 처박혀 있으라니, 말도 안 된다. 호랑이는 사람이 되고 싶지 않았는지도 모른다. 호랑이는 도망친 게 아니다. 호랑이는, 탈출한 거다!

"홍희야, 다 내려왔어!"

아래 먼저 내려와 있던 현재와 민아가 나를 받아주었다. 2층 창문에서 지용이 손가락으로 OK 모양을 하는 게 보였다. 난 얼른 몸에서 완강기 줄을 푼 후, 위로 올려 보냈다.

"잠깐만."

1층 현관불이 켜졌다. 우리는 얼른 바닥에 엎드렸다. 난 조용히 하라며 검지로 입술을 가렸다. 지용도 1층 상황을 눈치챘는지 얼른 창문을 닫았다.

한참이 지났지만, 1층 불이 꺼지지 않았다.

"이러다가 선생님 중에 한 명이라도 나오면 어떻게 해?"

"이렇게 있다가 우리 다 걸리는 거 아니야?"

2층 창문에 서 있는 지용이 우리를 향해 손으로 먼저 가라는 제스처를 취했다.

"우리끼리 가라는 것 같은데?"

"어떻게 그래? 기다려보자."

불이 꺼지지 않을수록 더욱 초조했다.

"차라리 우리가 탈출한 후에 지용을 구하러 오는 게 어떨까?"

민아의 제안에 현재도 그러자고 했다.

"잠깐만. 조금만 기다려보자."

지용을 혼자 두고 갈 수 없다. 원래 계획대로 지용이 두 번째로 내려왔다면, 지금쯤 내가 2층에 있을 거였다.

1층 불이 꺼지기를 기다리고 있는데, 갑자기 1층 현관문이 열렸다. 우리는 건물에서 떨어져 숲으로 숨었다. 그런데 발자국 소리가 점점 우리 쪽으로 가까워졌다.

"거기 누구 있어요?"

　관리실 아줌마의 목소리였다. 아줌마는 손전등을 들고 우리 쪽으로 다가왔다. 이대로 아줌마에게 들키면 어쩌지? 심장이 쿵쾅거렸다. 우리는 얼음이 된 상태로 꼼짝도 하지 못한 채 몸을 웅크리고 있었다.

　아줌마가 우리가 숨어 있는 쪽으로 다가왔다. 불빛이 우리가 있는 쪽을 비추는데, 갑자기 숲에서 무언가가 튀어나왔다.

"뭐야, 고양이잖아."

　아줌마가 갑자기 튀어나온 고양이에 놀라 뒷걸음질을 쳤다. 아줌마는 손전등으로 숲을 몇 번 이리저리 비춘 후, 다시 1층 현관으로 갔다. 잠시 후, 1층 문이 닫히는 소리가 들렸다.

"후유, 진짜 다행이다."

"나 걸리는 줄 알고 완전 놀랐어."

　우리는 놀란 가슴을 몇 번 쓸어내렸다. 그런데 우리 쪽으로 또다시 불빛이 비추었다. 무언가 놀라 고개를 들어 올려보니, 2층 창문에서 지용이 손전등으로 우리를 비춘 거였다. 우리는 아줌마가 잠들기를 기다렸다.

10분을 더 기다린 후, 지용에게 손전등으로 신호를 보냈다. 지용이 창문을 열었다.

"내려와."

난 지용에게 내려오라고 손짓했다. 민아와 현재가 주위 망을 보았고, 나와 지유는 지용이 내려오는 걸 지켜보았다. 지용은 아주 능숙하게 벽을 타고 내려왔다

우리는 완강기 줄을 그대로 둔 후, 산 아래쪽을 향해 뛰었다. 산책길과 반대쪽으로 향했다. 산책은 여기에서 더 높은 곳으로 다녔다.

학교 주차장까지 내려왔다. 맞게 내려온 것 같다. 여긴 처음에 엄마, 아빠와 함께 왔던 곳이나. 이대로 찻길을 따라 내려가면 아래에 도착할 수 있다. 차를 타고 15분 정도를 올라왔으니, 한 시간 정도 걸어 내려가면 될 것이다.

우리는 잠시 멈춰서서, 물을 한 모금씩 나눠 마셨다.

"지유야, 안 힘들어?"

"괜찮아, 오빠."

지용이 손수건을 꺼내 지유의 이마를 닦아주었다. 어제까지는 몰랐는데, 지금 보니까 지용이 꽤 괜찮은 남자 같다. 지용이가 나를 좋아한다고 생각했을 때는 지용이 별로였다. 하지만 아니란 걸 알고 나니, 지용이 다르게 보인다.

"자, 가자."

우리는 다시 길을 걷기 시작했다. 차도에는 차가 지나다닐 수 있기 때문에, 차도 옆길을 따라 걸었다. 지용과 내가 각각 손전등을 들고 앞장섰고, 그 뒤를 현재와 민아, 지유가 따랐다.

아래쪽을 향해 걷고 있는데, 지용이 발을 헛디뎠는지 주르륵 하고 미끄러졌다.

"오빠, 괜찮아?"

지유가 지용에게 달려왔다.

"오빠, 걸을 수 있겠어?"

나와 민아가 지용을 일으켜주었다. 그런데 바닥에서 몸을 일으키며 발을 내딛던 지용이 아악, 하고 소리를 냈다. 발목을 삐었나 보다.

"난 괜찮아. 가자, 얼른."

지유가 어깨에 팔을 둘러 지용을 부축했다. 지용이 손전등을 현재에게 건넸다. 난 현재와 나란히 서서 산길을 내려왔다.

길을 걷고 있는데, 뒤쪽이 조용했다. 고개를 돌려보니, 지용 남매와 민아는 우리와 한참 거리가 벌어져 있었다. 난 지용이 있는 쪽으로 다시 걸어 올라갔다. 지용은 걸을 때마다 다리가 아픈지, 아아, 소리를 내고 있었다.

"안 되겠다. 자, 업혀."

지용에게 등을 내밀었다. 지용은 괜찮다며 걸어가겠다고 했다.

"네가 이러면 시간이 더 걸린단 말이야. 원장이 우리 탈출한 거 알면 당장 잡으러 올 거야."

"됐어. 나 이렇게 걸어가면 돼."

"얼른 업히라니까. 너 가벼우니까 충분히 업을 수 있어."

"그래, 오빠. 홍희 언니 말대로 해."

지유도 얼른 나에게 업히라고 했다. 난 손전등을 민아에게 주었다. 그리고 지유 어깨에 손을 올린 지용의 손을 떼어낸 후, 지용을 등에 업었다. 지용이 싫다고 발버둥을 쳤지만, 난 지용을 억지로 업었다. 지용은 예상대로 가벼웠다. 가끔 사촌 동생인 인성이를 업어주곤 했는데, 초등학교 3학년인 인성이보다 더 가볍다.

민아와 현재가 앞장섰고, 나와 지용 남매는 그 뒤를 따라 걸었다.

한참 걷고 있는데, 지유가 말했다.

"언니들, 우리 노래 부르면서 내려갈까?"

"그러자. 무슨 노래 부를래?"

민아가 좋다며, 요즘 최고 인기 있는 아이돌 그룹의 노래를 부르자고 했다. 민아가 먼저 노래를 부르기 시작했고, 우리도 노래를 따라 불렀다. 우리는 이미 지난 유행가와 만화 주제곡, 그리고 동요까지 불렀다. 노래를 부르면서 내려가니, 꼭 소풍이라도 가는 것 같았다.

"어? 오빠 울어?"

지유가 지용에게 얼굴을 들이밀며 물었다. 등에 업힌 지용이 고개를 반대쪽으로 돌리는 게 느껴졌다.
"우리 오빠 또 우네. 아휴, 못 살아. 어떻게 남자가 툭하면 우냐?"
지유의 말을 듣고 보니, 등이 약간 축축했다.
"야, 너 진짜 울어?"
"아냐, 코 푼 거야."
"거짓말."
"진짜라고."
지용이 울먹이며 대답했다.
"알았어. 믿어."
지용이를 달래기 위해 거짓말을 했다. 지용이는 울고 있는 게 분명하다.
"홍희야, 고마워. 널 좋아하는 건 아니지만, 그렇다고 좋아하지 않는 것도 아니야."
지용이 내 귀에 대고 속삭였다. 나는 내 몸에서 흘러내린 지용이를 치켜올렸다. 튼튼한 내 두 다리가, 넓은 등짝이 고마운 건 처음이었다.

두 시간 가까이 걸려 드디어 산 아래에 도착하였다. 지용은 이제 괜찮다며, 나에게 내려달라고 하였다. 난 지용을 내려준 후, 옷으로 이마의 땀을 닦았다. 온몸이 땀으로 범벅이었다. 나뿐만 아니라, 아이들 역시 비라도 맞은 듯 머리카락이 젖어 이마에 바짝 달라붙어 있었다.

아침이 밝아오는지, 조금씩 어둠이 사라지면서 해가 떠오르기 시작했다.

"이제 어디로 가면 되지?"

어디로 가야 하는지 우왕좌왕하고 있는데, 저 멀리서 불빛이 다가오는 게 보였다. 자동차다.

우리는 폴짝폴짝 뛰며 손을 흔들었다. 자동차가 멈춰섰고, 차에 타 있던 아저씨가 창문을 내리며 물었다.

"너희들, 여기에서 뭐 하는 거야?"

우리는 입을 모아 동시에 말했다.

"배고파요. 밥 좀 주세요!"

우리들의 진짜 다이어트

산 아래에서 만난 아저씨가 우리를 데리고 간 곳은 파출소였다. 차에 탄 우리들은 횡설수설했다. 얼른 부모님에게 가봐야 한다고 했고, 이곳에서 멀리 도망쳐야 한다고도 말했다. 아저씨는 우리가 가출하여 길 잃은 비행 청소년인지, 납치되었다 풀려난 아이들인지 헷갈려 했다.

파출소에 도착한 우리는 부모님에게 연락을 했다. 학교 측에서는 우리가 사라진 것을 몰랐는지, 아니면 알면서 연락을 하지 않은 건지 경찰의 연락을 받은 부모님은 무척 놀랐다.

"니들 혹시 납치당했던 거니?"

"뭐 비슷한 거예요."

"누구한테? 어디서?"

우리는 부모님이 올 때까지 한마디도 하지 않겠다고 했다. 다이어트 학교 이야기를 하면, 혹여 원장에게 먼저 연락을 취할까 봐 우리는 입을 꾹 다물었다.

배가 고프다고 말하니, 경찰 아저씨가 우리에게 친절히 음식을 사다 주었다. 이른 아침이라 문을 연 식당이 없다며, 편의점에서 삼각김밥과 컵라면을 사다 주었다. 우리는 허겁지겁 음식을 먹었다. 지용과 지유도 아주 잘 먹었다. 거의 한 달 만에 먹는 라면이었다.

"너희들, 굶었어?"

"얘네 둘은 아니고요, 저희 셋은 어제 점심 먹은 이후로 아무것도 못 먹었어요."

"아니, 왜?"

"아저씨, 다른 먹을 건 없어요?"

음식을 다 먹은 민아가 아저씨를 불쌍한 눈빛으로 쳐다보며 물었다.

"영양갱이 있긴 한데, 먹을래?"

"네!"

우린 아저씨에게 받은 영양갱 하나를 공평하게 다섯 조각으로 나누었다.

"것 참. 우리 애들은 나이 든 사람들이나 먹는 거라고 안 먹던데."

우리가 영양갱을 먹는 것을 보며 또 다른 경찰 아저씨가 말했다.

영양갱을 다 먹은 후, 우리는 입맛을 다시며 파출소에 있는 텔레비전을 보았다.

"아저씨, 여기 화장실이 어디예요?"

"저쪽 문으로 나가."

화장실에 가기 위해 파출소 안쪽에 있는 문을 여는데, 지용이 절뚝거리며 날 따라왔다. 지용은 내 손에 무언가를 쥐어주고는 다시 텔레비전을 보러 갔다. 손바닥을 펴 보니 영양갱이다. 아까 영양갱을 먹지 않고 남겨두었나 보다. 지용이 녀석, 또다시 나를 헷갈리게 만든다. 진짜 나를 좋아하게 된 건가? 왜 나에게만 영양갱을 주는 거지? 아, 정말 모르겠다. 우선 영양갱이나 먹어야겠다. 난 화장실 근처에서 영양갱 봉지를 깐 후 입에 넣었다. 아직 속단하지 말고, 앞으로 지용이를 더 지켜봐야겠다.

텔레비전을 보고 있는데, 파출소 문이 열리며 부모님들이 들이닥쳤다.

"아니, 너희 어떻게 된 거야?"

"엄마, 아빠!"

난 엄마, 아빠에게 당장 달려가고 싶었지만 혼날까 봐 그러지 못했다. 대신 우리는 얼른 지용의 가방에 있는 MP3를 꺼내 원장이 우리에게 한 말을 들려주고, 독방 사진도 보여주었다. 그리고 프로그램이 변경된 것과 학교에서 우리에게 행한 일을 설명했다.

우리의 말을 들으면서 부모님들의 표정이 점점 좋지 않게 변해 갔다. 아빠와 엄마가 그러기에 거기 가지 말랬지? 라고 말하며 나를 혼낼 줄 알았지만, 두 분은 아무 말도 하지 않고 나를 꼭 안아 주었다. 민아를 혼내려던 민아의 부모님도 우리 부모님의 태도를 보시고는 똑같이 민아를 안아주었다. 지용 남매의 부모님은 외국에 계셔 오시지 못했다. 할머니에게 연락을 했지만, 할머니는 제주도에 살고 계셔서 당장 여기에 오실 수 없었다. 대신 우리 엄마가 지용이와 지유를 안아주었다. 엄마의 품은 넓어, 나와 두 남매를 모두 안아도 남았다.

"내 정만!"

갑자기 현재네 엄마가 꽥 하고 소리를 질렀다. 난 순간 얼음이 되었다. 고개만 간신히 돌려 현재를 쳐다보았다. 현재도 나와 마찬가지로 몸이 굳어버린 상태였다.

"그 학교, 정말 가만두지 않을 거야! 감히 내 딸한테 이럴 수 있어?"

현재네 엄마는 MP3를 손에 쥔 채 부들부들 떨었다. 아줌마는 분을 참지 못한 채 계속 씩씩댔고, 현재네 아빠가 참으라며 달랬다.

파출소에 모인 어른들은 학교를 어떻게 할지 대책을 강구하였다. 경찰은 우리가 가진 자료만을 보고 경찰에 고발을 하기엔 무리라고 하였다. 우리 부모님이 어쨌든 아이들이 무사하니 이대로 끝내자고 하였고, 민아네 부모님은 환불을 받아야 한다고 했고, 현재네 부모님은 어떤 방법으로든 학교를 고발하겠다고 하였다. 우리 다섯은 가만히 지켜보기만 하였다. 왜 진작 우리 말을 믿어주지 않았는지 부모님들이 조금 원망이 되었고, 그 전에 여길 온다고 한 건 우리들이었으니 할 말이 없었고, 우리 엄마 말대로 어쨌든 탈출했으니 속은 시원했다.

파출소에서 나와, 짐을 가져오기 위해 우리는 부모님과 함께 학교로 갔다. 우리가 두 시간 걸려 내려간 길이 차로 가니 20분도 채 걸리지 않았다.

학교 측에서는 갑자기 사라졌던 아이들이 부모님과 함께 돌아온 걸 보고 매우 당황해하였다. 원장은 부모님과 우리를 원장실로 데려갔다. 원장 책상 위에는 지유의 편지가 잔뜩 구겨진 채 올려져 있었다.

현재네 엄마는 원장에게 우리의 증언과 자료를 가지고 원장에게 하나하나 따졌다. 그러자 원장이 변명을 하기 시작했다. 둘이 막상막하였다. 현재네 엄마도 절대 지지 않았고, 원장도 물러서지 않았다.

"프로그램은 학교 측의 사정상 변경된 것뿐입니다. 부모님들께서 학교에 전적으로 아이들을 믿고 맡기겠다고 서명하지 않으셨어요?"

원장은 부모님들의 각서를 들이밀며 자기는 조금도 잘못한 것이 없다고 하였다. 저 각서, 우리에게도 각서를 가지고 협박을 했다. 하지만 현재네 엄마는 법 조항을 예로 들며, 원장이 어긴 것에 대해 반박하였다. 그러더니 갑자기 어디론가 전화를 걸었다. 현재네 엄마는 학교에서 있었던 일을 전화로 이야기하였다.

"아무래도 방송 출연은 앞으로 힘드시겠네요."

방송국 PD라는 현재의 외삼촌에게 전화를 건 거였다. 원장의 얼굴이 사색이 되었다.

"아니, 어머니. 왜 그러세요. 제가 좀 실수를 한 걸 가지고."

갑자기 원장의 태도가 돌변하였다. 원장은 현재네 엄마에게 따로 이야기를 하자고 하였지만, 아줌마는 입소비를 환불해주고, 우리에게 사과를 하라고 요구하였다. 원장의 얼굴이 일그러졌다. 지유가 나를 툭 치며, "마녀로 변하려나 봐"라고 말했지만, 원장은 마녀로 변하지는 않았다. 이미 원장은 마녀였으니까.

"프로그램을 바꾼 건 미안하다. 독방을 보낸 것도 미안하고. 저녁을 주지 않은 것도 잘못했어."

원장이 윗니로 아랫입술을 깨물며, 분을 삭이는 목소리로 말했다. 사과하는 태도가 마음에 들지 않았지만, 아주 고소하였다.

"자, 방에 가서 가방 챙겨오자."

"응."

2층으로 올라가려고 하는데, 지유가 잠깐, 이라고 말했다.

"지하에 현민이가 갇혀 있잖아."

어제 점심에 독방행을 선고받은 현민이가 떠올랐다. 지유가 독방에 가야 한다고 하자, 부모님들이 무슨 소리냐고 물었다.

"아닙니다. 지금 독방에는 아무도 없어요."

원장이 당황하여 우리를 막아 세웠다. 하지만 지유가 지하로 달려 내려갔고, 지하 독방문을 두드렸다.

"현민아, 너 거기 있지?"

조용했다.

"그것 보세요. 없다니까요."

"현민아, 현민아, 일어나 봐."

이번엔 내가 문을 두드렸다. 현민이는 배고픔에 지쳐 쓰러져 자고 있을 거다. 나도 그랬으니까 잘 안다.

"밖에 누구 있어요?"

독방 안에서 소리가 났다. 부모님들이 원장에게 얼른 문을 열라고 소리쳤고, 원장은 관리실 아줌마에게 눈짓을 했다.

독방 열쇠를 가져온 관리실 아줌마가 독방문을 열었다. 현민이가 문 앞에 주저앉아 있었다.

"어머, 얘. 괜찮니? 너 거기 왜 있어?"

"이게 뭐예요? 이건 엄연한 아동 학대야!"

부모님들이 소리를 질렀다. 아까 독방 사진을 보여주며 독방 설명을 했지만, 이야기로 듣는 것보다 역시 눈으로 보는 게 더 끔찍했다.

"당신, 정말 가만두지 않을 거야!"

현재네 엄마가 버럭 소리를 질렀고, 다른 어른들도 모두 원장에게 따졌다. 우리는 그곳에 어른들과 원장을 놔둔 후, 가방을 챙기기 위해 2층으로 올라갔다. 관리실 아줌마에게 받은 열쇠로 문을 땄다.

아이들이 복도에 죽 늘어서 있었다.

"야, 너희 어떻게 된 거야?"

"너희 나가는 거야?"

방에서 가방을 가지고 나왔다. 우리는 아이들에게 잘 있으라고 말했다.

"언니, 나도 데리고 가."

마이너스 팀의 소정이가 우리 앞으로 튀어나왔다. 그 뒤를 이어 플러스 팀의 연서도 가겠다며 나왔다. 나머지 40여 명의 아이들은 가만히 우리를 쳐다보고만 있었다. 몇 명의 아이들이 우물쭈물거리는 것도 같았지만, 그 아이들은 선뜻 우리를 따라가겠다고 하지 않았다. 아이들 틈에 새미 언니가 서 있었다. 새미 언니는 팔짱을 낀 채 우리를 한심하다는 눈빛으로 쳐다보았다.

우리들의 진짜 다이어트

우리는 소정이와 연서를 데리고 2층 현관문을 활짝 열고 내려왔다. 이제까지 2층 문은 관리실에 연락을 해야지만 열 수 있었다. 어느새 1층으로 올라와 있는 원장은 소정이와 연서가 짐을 챙겨 내려온 것을 보고는 두 아이에게 화를 냈다.

"니들은 뭐야? 얼른 올라가지 못해? 지금 뭐하자는 거야?"

원장은 우리에게 내지 못하는 화를 두 아이에게 냈다. 원장이 두 아이의 팔을 잡아끄는데, 현재네 엄마가 원장을 막아섰다.

"이 아이들은 제가 데리고 갑니다."

원장은 현재 엄마에게 꼼짝을 못했다.

"야, 너희 엄마 꽤 멋지다."

난 현재의 팔을 툭 치며 말했다. 현재도 동의하는지 살짝 고개를 끄덕였다.

"아무래도 원장이 너무하긴 했나 봐. 우리 엄마가 나 대신 원장을 혼내는 걸 보면."

현재와 나는 서로 눈을 찡긋해 보이며 웃었다.

"자, 그만 가자."

우리는 부모님을 따라 원장실에서 나왔다.

현관까지 나왔는데, 불현듯 원장에게 해줄 말이 생각났다. 난 다시 원장실로 들어갔다.

"무슨 일이야?"

원장이 날카롭게 나를 노려보았다.

"원장님 말씀이 다 맞아요. 역시 사람은 뿌린 대로 거두네요."

"뭐, 뭐!"

내 말을 들은 원장이 벌떡 일어서서 화를 냈다. 난 원장을 두고 유유히 원장실을 빠져나왔다.

학교에서 나온 지 딱 2주가 되었다. 우리가 탈출하지 않았다면, 오늘이 우리가 퇴소하는 날이다. 우리는 나왔지만, 나머지 아이들은 학교의 일정대로 남았다. 2주만 더 있었다면 살을 더 뺄 수 있었을 거다. 아마 내가 원한 목표 몸무게까지 도달했을지도 모른다. 하지만 그렇게 되면, 그곳에서 있었던 옳지 못한 일들을 좋은 결과를 위해 어쩔 수 없이 행해져야만 하는 하나의 과정으로 받아들였을 것이다. '어쨌든 잘되었잖아'라는 말은 하고 싶지 않다. 결과가 좋다고 다 좋은 건 아니기 때문이다.

학교가 당장이라도 문을 닫을 줄 알았지만, 그렇지는 않았다. 하지만 원장의 방송 출연은 취소되었다. 대신 원장은 다른 방송에 출연 예정이다. 현재가 한 방송국 시사고발 프로그램 게시판에 '마주리 다이어트 학교를 고발합니다'라는 글을 올렸다. 방송국에서 학교를 취재하겠다며 우리에게 인터뷰를 부탁했다. 다음 주에 촬영 예정이다. 현재네 엄마가 방송국 PD 외삼촌의 인맥을 통해 적

극적으로 우리를 지지해주고 있다.

물론 고발 프로그램 방송을 본 이후에도, 마주리 다이어트 학교를 가겠다고 하는 아이가 있을 것이다. 사실 나도 학교에 들어가기 전, 마주리 다이어트에 대한 좋지 않은 글을 봤다. 하지만 좋지 않은 글은 한두 개에 불과하였고, 효과를 봤다는 글이 훨씬 더 많았다. 글의 개수를 떠나, 난 좋지 않은 평은 일부러 보지 않았다. 보더라도 바로 잊었다. 난 믿고 싶은 것만 믿었고, 보고 싶은 것만 봤다. 하지만 세상에는 믿고 싶은 것과 보고 싶은 것을 둘러싼 다른 사실들이 있었다.

한강에 도착했는데, 민아와 현재, 지용 남매가 먼저 도착해 있었다. 난 아이들을 향해 손을 흔들었다.

"홍홍, 살 좀 빠졌는데? 우리 모르게 뭐 한 거야?"

민아가 나를 보며 한마디 했다. 난 매일 밤 줄넘기 1000개를 한다고 말했다. 하지만 나뿐만 아니라, 민아와 현재도 약간 살이 빠진 듯했고, 지용과 지유는 살이 조금 찐 듯 보였다. 어쩌면 기분 탓인지도 모르겠다. 살이 빠졌는지, 쪘는지 사실 알 수 없다. 하지만 확실한 건 우리들은 학교에 있을 때보다 더 건강해졌다는 것이다.

"지용아, 너 살 좀 찐 거 같아."

"어? 어."

지용이 나를 똑바로 쳐다보지 못한 채 대답했다. 내 등에 업힌 이후로 지용은 나를 보는 걸 부끄러워한다. 지용이 녀석, 꽤 귀엽다.

"자, 스트레칭 먼저 하자."

우리는 둥그렇게 원을 만든 후 스트레칭을 시작하였다. 스트레칭이 끝나고 조깅과 배드민턴을 할 계획이다. 우리는 다이어트 클럽을 결성했다. 매주 주말마다 모여 운동을 하고, 인터넷 카페를 만들어 다이어트 일기도 쓰고 있다. 힘든 다이어트는 하지 않을 것이다. 몸에 좋은 게 쓰다는 말은 별로다. 쓴 걸 억지로 참느니, 최대한 덜 쓴 걸 찾을 것이다. 우리 클럽은 몸무게가 몇 킬로그램이 늘었고, 몇 킬로그램이 줄었는지는 신경 쓰지 않는다. 클럽의 목표는 진짜 '건강'이다. 예뻐지면 좋겠시만, 건강해지다 보면 예뻐지지 않을까? 사실 난 아직도, 여전히 예뻐지고 싶긴 하다.

"나 먼저 간다."

스트레칭이 끝나고 현재가 먼저 달리기 시작했고, 우리도 현재를 따라 뛰었다.

조금씩 숨이 차오르기 시작한다. 바람이 내 몸을 스쳐 지나간다. 시원하다.

참 기분 좋은 바람이다.

해설

사회적 시선과 자아 사이의 길 찾기

김지은(문학평론가)

1. 생긴 대로 살 거야

몇 년 전 십대 청소년들이 외모 차별 없는 세상을 꿈꾸는 영상물을 직접 만들어 상영하는 공모전이 열린 적이 있다. 그 공모전의 제목은 '생긴 대로 살 거야'였다. 생긴 대로 살지 못하도록 그들의 자유를 억압하는 상대에 대한 항변이 담긴 제목이다. 이 상대는 누구인가. 부모이고 텔레비전이고 옷 가게이고 학교의 교사이고 성형외과이고 그들이 장차 갖고 싶어 하는 직업이다. '넌 정말 생긴 대로 살려고 하니?'라는 따가운 눈총이 빠져나갈 수 없는 감옥처럼 곳곳에서 십대의 자유를 옥죄고 있다.

청소년들이 내가 어떤 사람인가를 생각할 때 가장 먼저 돌아보게 되는 것은 자신의 '몸'이다. 거울을 보면서 외모를 통해 자기의 특징을 발견하려고 하고 상점 유리창에 비친 몸의 외연을 다른 사람과 비교하면서 사회 속에서 자신의 존재 가치를 가늠하려고 한다. 그들이 '몸'을 타자와 자신의 변별 기준으로 삼으려고 하는 것은 '외모'의 지향점을 획일적으로 관리하고 그에 대한 통제와 압박을 당연한 것으로 여기는 사회 현실과 관련이 깊다. 십대라는 시기는 한창 몸이 성장하고 자존감을 세워 나가는 때다. 그러나 청소년에게 쏟아지는 몸에 대한 미디어의 메시지는 '네 몸을 상품 사회의 조건에 맞추라'는 거칠고 공격적인 명령이 대부분이다. 획일적인 미의 기준을 강요하고 그 기준을 충족시키지 못하는 한 끝없이 자신의 존재 가치를 비하하도록 부추긴다. 자신의 몸을 알고 건강을 돌볼 수 있게 하는 것과는 거리가 멀다.

  물론 한 사회가 외모의 관습을 정하고 그것을 강요하는 것은 어제 오늘의 일이 아니다. 영화와 소설의 주인공을 보면 늘 그 시대의 관습에 따라 일정한 외모를 하고 있는 것을 알 수 있다. 특히 여성의 외모에 대한 시각적 규범은 패턴에 따라 달라졌다. 1920년대와 1980년대에는 마르고, 가슴이 없고, 소년 같은 모습을 한 여성이 인기였다면 1950년대와 1990년대는 풍만한 모습의 여성이 영화의 여주인공을 도맡았다. 그러나 수많은 예술가들은 자신의 관객에게 대안적 양식의 주체성을 제공하고 아름다움을 재규정하려고 노력했다. 덜 억압적이고 더 자연스러운 아름다움을 발굴하여 자신의 작품에서 표현하기 위해서 노력했다.

지금의 문제는 그러한 창조적 노력조차 일어날 여지가 없는 극도의 상업화된 몸이 사회 전반을 지배하고 있다는 것이다. 주연 영화배우에게나 필요했던 '몸의 제약'이 모든 사회 구성원에게 필수적인 조건이 되었다. 외모도 경쟁력이 된 사회에서 '몸을 관리하지 못한 자'에게는 패배자의 낙인이 집요하게 따라다닌다. '용모 단정한 여성'이라는 채용 공고의 성차별적 표현을 삭제하기 위해 노력했던 과거의 역사는 돌이켜보면 웃음을 살 정도로 순진한 얘기다. 옷의 사이즈, 얼굴과 키의 비례, 피부의 광택에 대한 매우 구체적인 평가가 식탁에서, 교실에서 스스럼없이 오간다. 외모를 비하하는 욕설의 목록은 나날이 추가된다.

아직 성별 격차가 남아 있기는 하지만 외모에 대한 스트레스는 더 이상 여성만의 것이 아니다. '비율 좋은 꽃남'이 되지 못한다면 '시가렛 팬츠'라도 입을 수 있도록 강도 높은 식사 조절을 하여 '초콜릿 근육'과 '라인'을 유지해야 하는 것이 지금 십대 남학생의 고민이다. 상대적으로 여학생은 더욱 강도 높은 '몸 관리' 요구에 시달린다. 식욕과 운동의 욕구를 인위적으로 조절하지 않으면 일정한 외모 소지자의 대열에서 탈락하고 말 것이라는 불안이 한창 자라는 그들의 밥숟가락을 붙든다. 자신의 몸을 통해서 독립적 정체성을 표현하는 일은 점점 불가능한 일이 되었다. 부드러운 몸, 둥근 몸, 날카로운 몸, 진중한 몸은 사라지고 성형외과의 광고와 일치하는 몸과 어긋나는 몸만 남았다. 이른바 '성공'을 향한 암투의 목록이 하나 더 늘어난 셈이다. 'After 몸'을 위해서라면 모든 자연스러운 자아 탐색의 시도는 시술받아야 할 'Before'로 취급받는다.

『다이어트 학교』는 이러한 현실을 생각할 때 어찌 보면 전혀 새롭지 않은 얘기다. 누가 이 학교의 존재를 부인한단 말인가. 이미 온 천지가 '다이어트 학교'를 자임하고 나선 지 오래다. 인터넷을 켜든 거리에 나서든 '다이어트 비법'을 전수하겠다고 달려든다. 과연 이 소설이 어떤 궁금한 이야기를 펼칠 수 있을까 의문이었다. '외모에 현혹되지 말고 내면의 아름다움을 찾아보세요' 따위의 이야기를 할 거라면 그만두길 바랐다. 청소년의 절박한 고민을 어설픈 교화의 대상으로 보는 것이 아니라면, 그런 설득을 시도하느니 차라리 현란한 감량의 비결을 내놓는 게 낫다는 것쯤은 작가도 알고 있으리라고 믿었다. 감량의 비결을 내놓는다 한들 그것이 무슨 소설일까. 전단지와 다를 바 없지 않을까.

이러한 의혹과 함께 작품을 읽기 시작하였다. 작품 속 인물들이 '생긴 대로 살 거야'라고 주장했다는 점에서 나의 예측은 틀리지 않았다. 그러나 그들은 동시에 '생긴 대로 살지 않을 거야'라고 강력하게 주장하고 있다. 전자의 '생긴 대로'가 '자연스러움'에 대한 욕망이라면 후자의 '생긴 대로'는 '짜여진 획일화된 구조'에서 탈출하겠다는 선언이다. 십대 청소년들이 자기 자신의 정체성을 발견하는 과정에는 이 두 가지 당김의 추가 작동하기 마련이다. 작가는 그 과정을 '다이어트'라는 현상적 소재를 통해서 면밀하게 추적하고자 했다. 그리고 왜 이것이 문학이 될 수 있는가를 보여주는 성실한 정공법을 택했다. '다이어트'라는 낱말은 작품의 외피다. 그가 파고들고자 하는 것은 더 깊은 곳에 있다.

2. 십대, 탄생의 욕구

중학교 2학년 주홍희는 부모를 설득하여 '마주리 다이어트 학교'에 입소한다. 한때 뚱뚱했다는 마주리 씨는 다이어트로 체중 감량에 성공한 후 변신한 체형을 내세워 다이어트 학교를 연 것이다. 40일 동안 열리는 이 기숙 캠프에 들어가기 위해서는 홍희 아빠의 한 달 월급이 넘는 참가 비용을 내야 한다. 매스컴을 통해 입소문이 나면서 지원자가 몰려 50명만 뽑는 참가자 선발 과정을 통과하기가 쉽지 않았다. 홍희가 기를 쓰고 이곳에 들어온 데는 이유가 있었다. 다시 태어나고 싶었기 때문이다.

이제, 나는 새롭게 태어난다.

집에서 멀어지면 멀어질수록, 내가 새롭게 태어날 수 있을 것 같은 기분이다. (본문 9쪽)

"여러분은."
마주리 원장님은 말을 멈추더니, 고개를 돌려 우리 쪽부터 한번 쭉 훑어보았다.
"새롭게 태어날 겁니다. 돼지, 고릴라, 뚱보는 더 이상 없습니다. 해골, 뼈빼로, 골룸도 마찬가지고요." (본문 26쪽)

홍희에게 '탄생'이란 두 가지 의미가 있다. 뚱뚱하지 않은 '몸'으로 다시 태어나는 것이다. 뚱뚱한 홍희의 엄마는 마찬가지로 뚱뚱한 아빠와 결혼하고도 그런 두 사람이 더없이 서로 사랑한다고 말한다. 홍희는 그런 엄마 아빠에게 캠프 비용이 아깝지 않다는 것을 보여주고 싶었다. 남들에게는 넉넉한 '지프차에 꽉 들어맞게 차는' 자신의 뚱뚱한 가족이 부끄럽다. 초등학교 저학년 때부터 성인용 옷을 입었고 어느덧 성인용 옷도 남자 옷밖에는 입지 못하는 자신이 부끄럽다. 6개월을 울며불며 사정해서 들어온 캠프다. 홍희는 처음 입소가 결정되었을 때 '불치병 환자가 치료법이 개발되었다는 말을 들은 것'처럼 기뻐했다. 홍희가 '다이어트 학교'에 자발적으로 들어왔다는 것은 짚어볼 필요가 있다. 그가 이 학교에 들어오기 전에 주변으로부터 받았던 체형에 대한 압박이 얼마나 대단한 강도였는지, 그 압박이 개인의 욕망으로 얼마나 치밀하게 재구성되어 있었는지 짐작할 수 있기 때문이다. 홍희는 40일 동안 가족과 떨어져 수십 킬로그램의 체중을 감량하고 새롭게 태어나겠다는 자신의 욕망이 온전히 자신의 것이라고 믿고 있었다. 극도로 자신을 억제해야 하는 이 프로그램에 억지로 끌려 들어온 것이 아니라 '자발적인 부끄러움' 때문에 들어왔다는 점은 홍희가 이미 사회가 마련한 체형의 기준을 깊게 내면화하고 있었음을 보여준다.

홍희가 생각하는 또 다른 탄생의 의미는 '집에서 멀어진다'는 말에 담겨 있다. 열다섯 살 홍희는 자립을 꿈꾼다. 먼 나라로 해외여행을 다녀보았다는 룸메이트 지유처럼 떠나보고 싶다. 엄마 아빠 아닌 다른 사람에게서도 '예쁘다'는 말을 듣고 싶다. 뚱뚱했던 사람에게는 주홍글씨처럼 남아 있는 튼 살의 흔적을 지우고 가벼운 몸으로 자신의 주체적 삶을 시작하고 싶다. 뚱뚱한 것이 장애처럼 느껴지는 현실이 싫지만 그 현실에 갇혀 사는 자신의 모습을 상상하는 것이 더 끔찍하다. 언젠가 모든 것을 자신의 힘으로 해내는 그날이 홍희에게는 '탄생의 날'이 될 것이다. 다이어트 학교에 입소한 것은 그날을 위한 예행연습이기도 하다. 현재의 조건에 안주하는 삶 속으로 자신을 얽어매는 답답한 가족으로부터 '유사 자립'을 시도한 것이다.

그런 홍희에게 '다이어트 학교'가 요구하는 가혹한 몸과 마음의 통제 절차는 일종의 필수적인 통과의례처럼 받아들여진다. 홍희는 까다로운 금식의 규칙이나 냉혹하고 비인간적인 합숙의 규정이 모두 자신의 재탄생을 위해서 치러야 하는 절차라고 여기고 어떻게든 묵묵히 견뎌보려고 애쓴다. 재탄생을 위한 노력이라고 여겼기 때문이다. 뚱뚱하다는 이유로 그동안 학교에서 겪었던 왕따의 서러움도 이 통과의례를 무사히 빠져나가면 사라질 거라고 믿는다.

선생님은 지구 반대편에 굶는 아이들이 있으니, 항상 감사하게 식사를 하라고 말했다. 반 아이들은 내게 "네가 다 먹어서 쟤네가 배고픈 거야"라고 장난을 치며 웃었다. 그때 나도 아이들을 따라 같이 웃었다. 속으로는 울었지만, 겉으로는 웃는 척했다. 만약 나도 살을 빼지 않은 채 어른이 되면, 저 아줌마처럼 될까? 뚱뚱한 내 모습이 싫어 바깥에 나가지 않고 하루 종일 집에 숨어 살까? 살을 빼지 못한 미래의 내 모습을 상상하니 끔찍했다. 아무래도 운동을 더 열심히 해야겠다. (본문 110~111쪽)

다이어트 학교에서 '재탄생'을 꿈꾸는 것은 홍희만이 아니다. 이 학교에는 살을 빼기 위한 입소자와 살을 찌우기 위한 입소자가 있다. 마이너스 팀과 플러스 팀으로 불린다. 지금 자신의 몸이 아닌 다른 몸을 원한다는 점에서는 마찬가지다. 인공수정으로 태어나 애지중지 부모의 사랑을 받았지만 부모의 소유물이 되는 것이 싫었던 '현재'나 뚱뚱한 몸 때문에 아줌마라는 소리를 듣고 사는 것이 지긋지긋한 '민아', 터무니없이 약한 체력 때문에 부모의 여행을 따라가지 못하는 '지유'는 모두 새로운 '몸'으로 변신하여 다시 탄생하기를 꿈꾼다. 그러나 그들이 탄생을 소망하기 전에 먼저 헤아렸어야 하는 일이 있다. 자신들이 이 사회에서 왜 죽어지내야 하는지를 알았어야 했다. 이 아이들의 또 다른 공통점이 있다면 잔뜩 풀죽은 자신들의 삶이 무엇 때문이었는지, 원인을 미처 정확히 파헤치지 못한 채 '다이어트 학교'에 입소한 것이다. 자의였든 타의였든 이들의 선택은 큰 벽에 부딪힌다. 그것을 가장 먼저 자각하는 것은 스스로 이 길을 통해 재탄생을 모의했던 홍희다.

계속 이곳에 있으면, 나는 세상에서 가장 불행한 사람이 되고 말 것이다. 내 몸은 예뻐지겠지만, 내 마음은 미워질 거다. 여기에서 나가 또다시 살이 찌면, 나는 자신을 세상에서 가장 끔찍한 돼지 취급을 하며 미워할 거다. 그리고 스스로를 미워하고 저주하며 살을 빼겠지? 그게 어떤 건지도 모르고 말이다. (본문 187쪽)

홍희의 반란은 막연히 탄생을 기다리며 기이한 형벌을 감내해

왔던 아이들에게 파란을 일으킨다. 그들도 마음속으로 갖고 있었던 생각을 자극한 것이다. 그 생각은 바로 '왜 우리가 이 같은 탄생을 꿈꾸게 되었는가'라는 본질적인 물음에 닿아 있다.

3. 자기 자신을 사람으로 취급하기 위하여

홍희와 친구들의 반란은 대탈주로 이어진다. 각자 가슴에 품었던 의문은 '개인의 탄생'을 열망하던 그들이 마음의 문을 열고 서로 이야기를 나누는 과정에서 거대한 논의 주제로 자라난다. 주제어는 다름 아닌 '사람 취급'이다. 마주리 원장은 '다이어트 학교'의 아이들에게 사람이 되고 싶으면 체형을 관리해야 한다고 강조한다. 자본주의 사회가 원하는 일정한 체형에 도달하지 않은 자는 모두 '사람'이 아니라는 것이다.

"잘 따라오고 있는 학생도 있지만, 그렇지 못한 학생도 있습니다. 조금 더 먹어도 되겠지, 운동 조금 쉬어도 되겠지, 라는 생각은 버리세요. 조금이 모여 여러분에게 아주 크게 되돌아옵니다. 언제까지 여러분은 사람 취급도 받지 못한 채 살 건가요? 이제 5주가 남았어요. 기억하세요. 뿌린 대로 거둡니다." (본문 53쪽)

'돼지', '고릴라', '해골바가지' 같은 별명을 집어던지라던 마주리 원장은 고강도의 기형적인 식사와 운동을 강조하면서 '사람 취급'을 받기 위해서는 어쩔 수 없는 일이라고 강변한다. '조금 더 먹어도 되겠지'라는 생각은 버리라고 아이들을 몰아세우는 장면이나 '뿌린 대로 거둔다'고 미래를 걸어 협박하는 장면은 어디서 많이 보던 것이다. '대학 졸업장에 네 미래가 걸려 있다'거나 '아차 하는 순간에 다른 경쟁자들은 공부하고 있을 것'이라는 말로 끝없는 학업 경쟁을 닦달하던 모습과 정확히 겹친다. 그뿐만이 아니다. '언제까지 비정규직으로 살 거냐. 이번 달 영업 실적이 조금만 내려가면 정규직으로 전환시켜주지 않겠다', '잠시도 지체 말고 발이 닳도록 물건을 팔아라. 결산까지는 5주가 남았다'는 직업 세계의 무한경쟁 논리와도 똑같다. 자본주의 사회에서 성장하고 성숙하고 노화되는 내내 다람쥐 쳇바퀴 돌 듯 비슷한 구문에 노출되고 시달려야 한다.

우리의 기억은 경쟁에 유리한 언어를 중심으로 편집되고 성과를 낼 때까지 지겹도록 재방송된다. 이 굴레에서 빠져나오는 일은 오직 주체의 결단만으로 가능하다. 누구도 '나의 탈주'를 도와주지 않는다. '언젠가는 반드시 사람 취급을 해주겠다'는 말로 지금 이 순간 '사람 취급 하지 않는 것'을 정당화하는 구조는 학교, 직장을 가리지 않고 사방에 존재한다. 아이들이 이 굴레에 저항하자 마주리 원장은 강압과 폭력을 동원한다. 결과가 좋으면 다 좋은 거라면서 '불만 많은 자는 성공할 수 없다'고 주장한다. 이 또한 어디서 많이 듣던 말이다.

"돼지 새끼들! 정신 차려! 그만 좀 꿀꿀대라고! 원래 낙오자들일수록 말이 많은 거야. 너희 같은 사람은 늘 불만에 가득 차 있고, 항상 그 상태야. 그런 마음가짐으로는 절대 살을 뺄 수 없어! 불만이 많은 자는 절대 성공 못한다고! 알았어?" (본문 174쪽)

홍희와 친구들은 자신들이 바라던 '탄생'이 '사람 취급을 받지 않는 일'과는 대척점에 있다는 것을 생각한다. 육체의 탄생을 바라기 전에 '존재의 탄생'을 열망했기 때문에 이 일을 시작했다는 것을 깨닫는다. 그리고 존재의 탄생을 위해서는 반드시 '사람 취급도 하지 않는' 이 악순환을 반드시 끊어야겠다고 결심한다. 이 장면은 다만 '다이어트 학교'라는 기괴한 캠프에서 탈출함을 의미하는 것이 아니다. '사람 취급을 받기 위하여' 수동성을 거부하고 능동적인 삶으로 자신을 끌고 나가는 첫 발걸음을 뜻하는 것이다. 아이들은 목숨의 위험을 무릅쓰고 학교를 탈출한다. 자유롭고 평등한 세상의 공기는 아무에게나 주어지지 않는다. 그들은 비로소 담장 밖에서 숨을 쉰다. 이 신선한 호흡은 두려움을 이겨낸 사람, 자신을 사랑하고 믿는 사람, 같은 처지의 동료와 손을 잡는 사람에게만 주어지는 값진 보상이다.

4. 환웅의 규칙을 벗어난 호랑이

작품 초반부에서 '다이어트 학교'에 입소할 무렵 홍희는 결코 '어리석은 호랑이'는 되지 않겠다고 다짐한다. 환웅이 정한 규칙을 지켰다면 100일 만에 너끈히 사람이 되었을 호랑이가 왜 동굴의 규칙을 지키지 못하고 뛰쳐나왔는지 한심스럽다고만 생각했다. 쑥과 마늘이 아니라 더한 것을 먹으면서라도 원하는 체형을 얻을 때까지 곰처럼 버티겠다는 것이 홍희의 생각이었다.

그러나 작품 말미에서 홍희는 자신이 결국 곰이 아니라 '호랑이가 되었다'는 것을 인정하고 그것을 자랑스럽게 여긴다. 부당한 규칙, 잘못된 구조로부터 탈출하는 것은 부끄러운 일이 아니라는 것을 받아들이는 것이다.

단군 신화 속 호랑이가 떠올랐다. 어쩌면 호랑이는 환웅의 규칙이 부당하다고 생각했는지도 모른다. 기개 넘치는 호랑이에게 쑥과 마늘 따위를 먹으며 동굴에서 처박혀 있으라니, 말도 안 된다. 호랑이는 사람이 되고 싶지 않았는지도 모른다. 호랑이는 도망친 게 아니

다. 호랑이는, 탈출한 거다! (본문 228쪽)

아직 세상에 나서기에는 어린 나이인 홍희와 친구들에게 '다이어트 학교'는 호된 사회 실습의 현장이었을 수 있다. 그들이 악몽 같은 다이어트 학교에서 무사히 탈출할 수 있었던 데는 자신들의 굳건한 의지가 가장 큰 역할을 했지만 탈출 이후의 삶을 지원하고 격려해준 부모들이 없었다면 무위로 끝나버릴 수도 있는 일이었다. 다이어트 학교와 세상이 다른 점이 있다면 세상에서 벌어지는 탈주극에는 보호자가 없다는 것이다. 더 크고 단단한 용기와 굳은 연대의 마음가짐과 치밀한 계획과 전망이 있어야만 '호랑이의 탈출'이 가능하다는 것이다. 홍희와 친구들의 미래에 또 다른 '입소의 순간'이 찾아오지 말라는 법이 없다. 다시금 탈주를 결정할 것인지 순응을 택할 것인지는 그 시기 홍희와 친구들의 결정에 달렸다. 하지만 적어도 이들은 캠프 탈주의 경험을 통해 '스스로 사람 취급 하는 법'을 알았고 '환웅의 규칙이 영원불변한 것은 아니다'라는 깨달음을 얻었다. 성장의 길목에서 누구보다 소중한 경험을 한 셈이다. 그 경험은 간접적으로 홍희의 탈주를 지켜본 독자들의 것이기도 하다.

제 발로 걸어 들어갔던 다이어트 학교를 제 발로 떠나온 홍희는 친구들과 함께 진짜 다이어트를 시작한다. 다이어트 학교에 들어갈 때의 홍희가 '제 발'이라고 믿었지만 '사회의 시선'에서 자유롭지 못한 걸음을 걷고 있었다면 친구들과 바람을 쏘이며 운동을 하는 홍희는 진짜 '제 발'로 달린다. 숨이 차오르지만 그 가쁜 숨은 결코 고통스럽기만 한 것이 아니다. 몸을 스쳐 가는 바람이 더없이 시원하다. 성장이란 그런 것이며 존재의 발견은 바로 이런 참다운 성장의 순간에 이루어지는 것이다.

힘든 다이어트는 하지 않을 것이다. 몸에 좋은 게 쓰다는 말은 별로다. 쓴 걸 억지로 참느니, 최대한 덜 쓴 걸 찾을 것이다. 우리 클럽은 몸무게가 몇 킬로그램이 늘었고, 몇 킬로그램이 줄있는지는 신경 쓰지 않는다. 클럽의 목표는 진짜 '건강'이다. 예뻐지면 좋겠지만, 건강해지다 보면 예뻐지지 않을까? (본문 247쪽)

작가는 이 작품을 통해서 '다이어트'의 허상을 파헤치고자 한 것이 아니라고 믿는다. 만일 그것을 희망했다면 제목을 '다이어트 학교'라고 붙일 까닭이 없다. 누구도 자신의 주제를 작품 전면에 내거는 어리석은 전략을 세우지는 않기 때문이다. 이 작품에서 작가가 말하고자 하는 다이어트는 '체중 조절'이 아니라 '자아의 자율적 조절 능력'을 익히는 것이다. '몸매'를 발견하는 것이 아니라 '주체적 자신'을 발견하는 것이다. 그런 점에서 이 작품은 자본주의 사회의 스케일에 자신을 맞추지 못해 조바심을 내는 모든 건강한 십대들에게 큰 힘이 되리라고 생각한다. 매우 평범한 소녀 홍희가 해냈던 것을 그들이 못 해낼 리는 없다고 보기 때문이다.

작가의 말

 중·고등학교 시절, 나는 전교에서 다섯 손가락에 꼽힐 정노도 뚱뚱한 아이였다. 나는 4.5kg의 우량아로 태어났고, 먹는 걸 좋아했고, 움직이는 건 싫어했다. 그러다 보니 자연스럽게 살이 쪘고, 살을 빼기 위해 안 해본 다이어트가 없을 정도였다. 다이어트를 할 때면, 나는 내 자신이 너무 미웠다. 내 몸이 너무 끔찍했다. 내 뚱뚱한 엉덩이가, 두꺼운 허벅지가 똥만큼 싫었다.

 이 소설을 쓰게 된 건, 모 시험 출제 아르바이트를 위해 2주 동안 감금된 경험 때문이었다. 시험문제 보안을 위해 건물 안에 갇혀, 정해진 시간표대로 움직이는 생활을 했다. 그곳은 아주 독특한 세계였다. 그곳을 떠올리며 갇혀 있는 아이들의 이야기를 하고 싶었다. 그러다 생각하게 된 게 '다이어트 학교'였다. 이번에는 내 이야기를 하지 않으려고 했지만, 또 내 이야기를 해버렸다. 홍희는 나를 아주 많이 닮은 아이다. 홍희의 상처받은 기억 이야기를 쓰면서, 몇 번 울컥했다.

고등학생 때, 우리 반에 나만큼 뚱뚱한 아이가 있었다. 학교에서 간단한 건강 검진을 하였고, 그 아이는 '빈혈' 판정을 받았다. 그 이야기를 전해준 양호 선생님의 말에 반 아이들이 모두 다 웃었다. 웃지 않은 아이는 딱 두 사람뿐이었다. 그 아이와 나. 콤플렉스란 참 슬프고 아픈 거다. 콤플렉스에 대처하는 방법은 딱 두 가지다. 벗어나거나, 평생 안고 가거나.

이 소설을 쓰면서 내가 홍희를 안아줄 수 있어 좋았다. 나는 몇 번이고 "홍희야, 괜찮아"라는 말을 주문처럼 외웠다. 그 덕분인지, 난 콤플렉스에서 벗어났다. 얼마 전부터 나는 내 엉덩이와 허벅지를 사랑하기 시작했다. 맞는 바지가 없어 늘 치마를 입고 다녀야 하지만, 두터운 내 하체는 아무리 오래 앉아 있어도 끄떡없다. 나는 내 하체를 '이야기 주머니'라고 부른다. 그곳에 이야기들이 숨어 있고, 나는 오래오래 앉아 글을 쓸 수 있다.

책이 나오기까지 따뜻한 조언을 해주었던 사태희 팀장님과 자음과모음 편집부, 멋진 발문을 써주신 김지은 선생님, 늘 나를 웃고 울게 만드는 가족과 친구들에게 고마움을 전한다.

부족함이 많은 만큼, 더 열심히 글을 쓰고 싶다. 기쁘게도, 슬프게도 내 '이야기 주머니'는 영원히 줄어들지(?) 않을 테니까.

김혜정

자음과모음 청소년문학

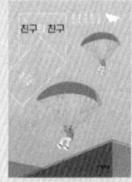
친구의 친구 너의 스토리 메이트 | 김선영 외 지음
『시간을 파는 상점』『오즈의 의류수거함』 등 자음과모음 청소년 문학의 정수를 보여 주는 작품들을 엄선하여 그 안의 조연들을 '주연'의 자리로 이끌어 낸 스핀오프 앤솔러지.

우리 반 애들 모두가 망했으면 좋겠어 | 이도해 장편소설
세상에서 가장 소심한 사람들이 모여 만든 비밀 복수 모임 'AA'에 관한 이야기. 어느 날, 문제집에 잘못 표기된 정답으로 인해 시험 문제를 틀린 주인공은 '미미 책방'으로 가 분풀이를 하고, 그곳에서 세상을 향한 '복수'를 꿈꾸는 사람들을 만난다.
★ 제12회 자음과모음 청소년문학상 수상작

바람의 독서법 | 김선영 소설집
『시간을 파는 상점』 김선영 작가의 문학적 나이테가 깃든 다섯 편의 소설집. 청소년기라는 삶의 한 과정을 지나고 있거나 청소년기의 기억을 지니고 살아가는 사람들에게 따뜻한 격려의 문장으로 다채로운 이야기를 전해 준다.

페어링 | 조규미 장편소설
따돌림을 당하는 수민에게 찾아온 버려진 이어폰. 고장난 줄 알았던 이어폰에서는 수민이 힘들 때마다 위로를 건네주는 목소리가 들려온다. 이어폰 속 목소리로 외로움을 극복해 나가던 수민에게 성적 조작이라는 커다란 사건이 찾아온다.

종말주의자 고희망 | 김지숙 장편소설
오 년 전, 살던 집 근처에서 동생이 사고를 당한 이후 갑작스레 찾아온 불편한 침묵을 견디기 위해 희망은 종말주의자가 되기로 한다. 희망의 소설 속에서 종말하는 사람이 많아질수록, 희망의 삶에 대한 의지는 더욱 커져 간다.
★ 학교도서관저널 추천도서

은명 소녀 분투기 | 신현수 장편소설
실제 일제 강점기의 동맹 휴학을 모티브로 한 소설. 경성의 명문 학교에 다니는 혜인, 애리, 금선은 학교에 부임한 일본인 선생들의 만행과 시대의 압박에 대항하여 동맹 휴학을 하기로 결심한다.
★ 학교도서관저널 추천도서

이번 생은 해피 어게인 | 이은용 외 지음
내 마음대로 인생을 다시 살 수 있다면 행복할까? 다섯 명의 작가가 무한한 상상력으로 반복되는 인생을 사는 십 대들을 그려내는 단편 앤솔러지.
★ 학교도서관저널 추천도서

춘란의 계절 | 김선희 장편소설
폭력과 외로움에 익숙해질 무렵 춘란에게 찾아온 태승과 신비는 시린 겨울 같던 춘란의 삶에 봄을 되찾아 줄 수 있을까? 사랑과 사람에게 상처받은 춘란은 다시 사랑할 수 있을까?
★ 문학나눔 선정도서

흉가탐험대 | 박현숙 장편소설
겨울방학 캠프에 참가한 뒤 각자의 비밀을 간직하게 된 내 친구 이야기. 친구의 죽음에 얽힌 흉가를 탐험하면서 그 속에 감춰진 비밀과 진실을 찾는 이야기
★ 학교도서관저널 추천도서

마이너스 스쿨 | 이진 외 지음
십 대를 위협하는 학교폭력을 주제로 다섯 편의 짧은 이야기를 모은 소설집. 방향 없는 폭력 앞에 무방비하게 놓인 십 대의 학교폭력의 내밀한 모습을 들여다본다.
★학교도서관저널 추천도서

조선 요괴 추적기 | 신설 장편소설
신통한 법사를 꿈꾸는 막동이와 은둔 고수를 자청하는 구랍 법사. 정체불명 존재를 쫓는 그들의 기묘한 모험담.
★ 학교도서관저널 추천도서

나의 수호신 크리커 | 이송현 장편소설
엄마를 떠나보낸 후 자신의 본모습을 잃은 한조. 어느 날 그의 눈앞에 수호신 '크리커'가 나타난다.
★ 서울문화재단 지원도서

다이어트 학교

ⓒ 김혜정, 2012

초판 1쇄 발행 2012년 2월 23일
초판 32쇄 발행 2024년 1월 29일

지은이   김혜정
펴낸이   정은영
펴낸곳   (주)자음과모음

출판등록 2001년 11월 28일 제2001-000259호
주소   10881 경기도 파주시 회동길 325-20
전화   편집부 02) 324-2347 경영지원부 02) 325-6047
팩스   편집부 02) 324-2348 경영지원부 02) 2648-1311
이메일   jamoteen@jamobook.com

ISBN 978-89-544-2714-2(43810)

잘못된 책은 교환해드립니다.
저자와의 협의하에 인지는 붙이지 않습니다.